頭上長角的蛇

用蘆葦搭成的草屋

貓頭鷹

鵪鶉雛鳥

門閂

展開以埃及象形文為暗號
的跨國溝通！

Let's try! ヒエログリフ
古代エジプト象形文字

亞麻線搓成的細繩

山丘斜坡

套索

蘆葦穗

/來上一堂\
古埃及象形文字課

松本彌 —— 著
趙鴻龍 —— 譯

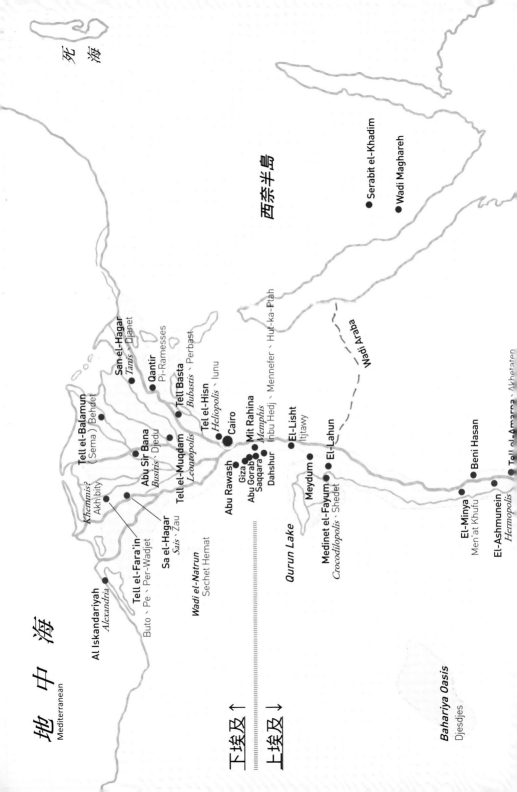

死 海

地 中 海
Mediterranean

西奈半島

Serabit el-Khadim

Wadi Maghareh

Al Iskandariyah
Alexandria

Tell el-Fara'in
Buto、Pe、Per-Wadjet

Sa el-Hagar
Sais、Zau

Khemmis?
Akhbity

Tell el-Balamun
（Sema）Behdet

San el-Hagar
Tanis、Djanet

Qantir
Pi-Ramesses

Abu Sir Bana
Busiris、Djedu

Tell el-Muqdam
Leontopolis

Tell Basta
Bubastis、Perbast

Tell el-Hisn
Heliopolis、Iunu

Cairo

Wadi el-Natrun
Sechet Hemat

Abu Rawash

Giza
Abu Gorab
Saqqara
Dahshur

Mit Rahina
Memphis
Inbu Hedj、Mennefer、Hut-ka-Ptah

El-Lisht
Itjtawy

Wadi Araba

Qurun Lake

Meydum

Medinet el-Fayum
Crocodilopolis・Shedet

El-Lahun

El-Minya
Men'at Khufu

Beni Hasan

El-Ashmunein
Hermopolis

Tell el-Amarna、Akhetaten

下埃及 ↑
上埃及 ↓

Bahariya Oasis
Djesdjes

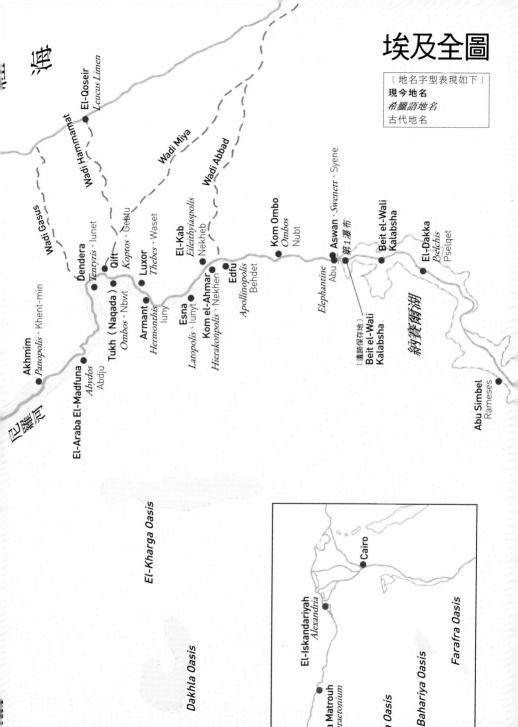

推薦序 ── 古埃及文與我

　　我念大學的時候，曾在一本《Scientific American》雜誌上讀到古埃及人建造金字塔的故事。那時有個待解的謎團：明明一般都認為建造金字塔是件苦差事，徵調了奴隸和罪犯，用鞭子和腳鐐才把金字塔蓋好，可是為什麼在金字塔旁卻出土了大量的麵包坊、啤酒屋、宿舍、糧食倉庫、以及「莎草手稿」帳本。當時一個單純的想法浮出我心頭：「只要能看懂那些字，答案不就解開了嗎？」

　　畢業後去了一趟紐約，在大都會博物館第一次被豐富、大量的古埃及文物震撼，對於曾經夢想過要去解開文字之謎的我來說，那是難以描述的感動。搜刮了博物館相關書籍回家，細讀之後才發現，其實古埃及文早就被人破解了，而且這種兼具字母、象形雙型態的文字，並不難學會閱讀。

　　古埃及文是如此的迷人，原因在於它太像中國的古代文字，就連形式和解讀都很相似。但首先，你要改變一個觀念，那就是「古埃及文」並不全是「象形文字」，事實上，說它是象形字真是太小看它了。古埃及文又只是長得像「象形字」，實質意義早已經不是這樣。如果看到一隻「雀鳥」的符號，你就會以為是鳥的意思，那你就走入旁門了。每一個符號就像中文的筆劃，古埃及文則是由幾個符號組成一個字，偶爾還會加上個「部首」，怎麼看都跟中文結構很接近。

　　古埃及的文化，在你學會閱讀文字後變得親近、有趣、燦爛、鮮活。我們解讀了文字後發現，蓋金字塔的根本不是奴隸，而是專業又受尊敬的御用建築工，從西奈半島運來的石塊，經過尺規的切割，仔細地堆上金字塔上。解讀文字，成為認識文明的最佳管道！古埃及文是如此迷人，當你翻開這本書的第一頁，相信我，你就不會停了。

薛良凱／福克斯的古埃及文學校校長、普拉爵文創創辦人

前言——試著閱讀、使用象形文字吧

古埃及時期的象形文字，亦即埃及象形文字。這些雕刻或書寫而成的文字，乍看之下會讓人誤以為是美麗的圖畫，充滿無限的神祕感。石造神廟內刻畫的埃及象形文字（hieroglyph），這個詞源自希臘語的 $εργλυφικός$（hieroglyphikos），又譯為「聖書體」，是一套用來表達各種事物的文字系統。不光是古埃及文字，瑪雅文字也算是一種象形文字。

西元 4 世紀末，在羅馬帝國的統治下，埃及象形文字雖然成為滅絕的語言，但後來有不少人對它深感興趣，不斷致力於文字的解讀。到了 1799 年，拿破崙的軍隊發現了羅塞塔石碑（Rosetta Stone），帶給世人相當大的啟示，進而讓法國的尚－法蘭索瓦・商博良（Jean-François Champollion）得以成功解譯這些文字。其後在埃及學者們的持續研究之下，如今總算能夠解讀大部分用埃及象形文字記述的史料了。

本書會簡單介紹象形文字，雖然大家可能對這些宛如圖畫般的文字感到困惑，甚至覺得難以理解，然而出乎意料地，象形文字的基本構成原理，和從象形文字變化而來的漢字，以及日本人根據漢字加以變化的平假名，可以說非常相似。

建議各位不妨先從書寫自己的名字開始，接著再試著解讀實際刻在遺跡內的象形文字。也許有人會覺得不可能一下子就看得懂，但其實在遺跡中最醒目的象形文字，多半都是有如廣告文宣般的重要詞彙，因此我們只需要記住幾個常用的單字，便能掌握閱讀象形文字的要領。

倘若本書能成為各位讀者敲開古埃及世界的入門磚，對我而言就是一件十分榮幸之事。

CONTENT

文字的寫法

　　首先嘗試寫寫看象形文字吧。以下將會示範如何書寫這些形狀複雜的文字，並提供簡單好記的筆畫順序，不過這只是筆者個人的書寫習慣，各位也可以試著找出適合自己的寫法。本書也會不時加入遺跡或陪葬品上的特殊呈現範例，比如第 92 頁的圖坦卡門之名，便是以塗黑的方式書寫。

　　由於象形文字的大小不一，為了讓較長、較寬、較小的文字都能夠清楚易懂地呈現，因此下面會以正方形方格來統一符號的大小。除此之外，本書也會介紹古埃及的書寫規則，當有 2 ～ 3 個連續的直式符號時，通常會縮小符號間的距離；若是連續數個橫式或較小的符號，則會以重疊 2 ～ 3 個的方式呈現。這種毫不拖泥帶水的風格，成就了如此優美的文字形態。

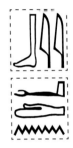

埃及禿鷲 【發音：𓄿（a）】

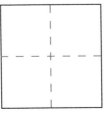

先從頭頂的筆畫開始畫起，第二步是畫出鳥喙直到後腳的線條，到此為止仍不算太難。接著讓後腦勺形成直角，並將重點放在如鑰匙形狀般的鳥喙上。

蘆葦穗 【發音：𝒊（i）】

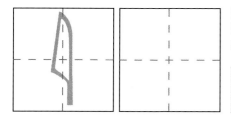

從梗開始畫起即可。蘆葦穗略往下彎後便筆直向下延伸，看起來較為平均。由於是直式符號，因此要避免前後文字的間距過寬。

※ 當「a」出現在神名或地名前時，少數情況會讀作「o」。

兩根蘆葦穗 【發音：𝒚（y）】

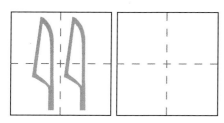

縮短兩個符號的間距即可，如此才會比較好看。當單字結尾出現這個兩根蘆葦穗的符號時，多半會將它寫成兩條斜線或直線。

※ 有時會以 ＼＼（Z-4）這個小型符號來取代。

手心朝上、手肘呈直角彎曲的手腕 【發音：𝒄（a）】

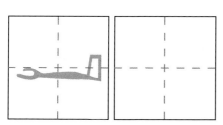

書寫時要畫出看似手心朝上的姿勢。由於是橫式符號，因此當前後皆為橫式符號時，就以上下各一或者兩個符號緊密重疊的方式書寫。

鶉鶉雛鳥 【發音：w（u 或 w）】

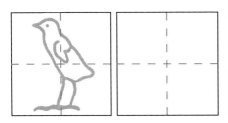

書寫時要略往上下延伸。先畫出頭部線條，再從鳥喙延伸至後腳即可。只要頭部偏小，加上看似折疊起來的小翅膀，就能呈現出雛鳥的模樣了。

※ 有時會以 ℘（Z-7）這個小型符號來取代。

腳（膝蓋以下）【發音：b（b）】

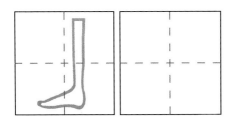

書寫時要略往上下延伸，只要縮短前後符號的間距即可。徒手作畫時，將小腿部分畫成 1 條或 2 條直線皆可。

蘆葦墊 【發音：p（p）】

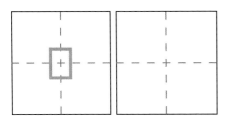

只需要畫得小小的即可。若和鳥形符號組合在一起，要讓它貼近胸前的凹陷處；若和橫向符號組合，就寫在橫向符號的正上方中央位置。

頭上長角的蛇 【發音：f（f）】

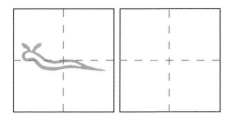

將頭上的兩支角畫清楚即可。由於是橫向符號，因此當前後連接橫向符號時，就寫成一個字的大小，抑或將兩個符號緊密重疊在一起。

貓頭鷹 【發音：m（m）】

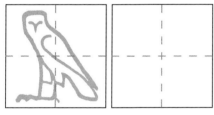

從頭頂開始畫起，再從胸部畫到後腳即可。這個字的重點在於臉要朝向正面，最後再補上翅膀及鳥喙便大功告成。

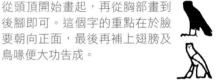

※ 有時會以 ⌒ 這個橫向符號來取代。

波浪 【發音：n（n）】

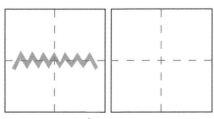

這裡並沒有特別規定凹凸起伏的數量，只要注意左右兩側必須朝下。由於是橫向符號，因此當前後連接橫向符號時，就寫成一個字的大小，抑或將兩個符號緊密重疊在一起。

※ 有時會以 這個符號來取代。

嘴巴 【發音：𝓇（r）】

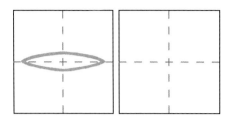

呈水平形狀，兩端逐漸變尖。由於是橫向符號，因此當前後連接橫向符號時，就寫成一個字的大小，抑或將兩個符號緊密重疊在一起。

用蘆葦搭成的草屋（從上方俯瞰的形狀）【發音：𝒽（h）】

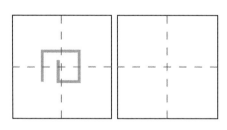

大小約鳥形符號的一半，通常會將上下寫成一個字的大小，抑或讓兩個符號緊密靠在一起，此時即使上下左右超出一些也沒關係。

亞麻線搓成的細繩 【發音：𝒽（h）】

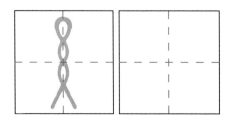

只要從最上方的圓圈畫下來即可，同時必須清楚地讓3個圓圈呈現出來，熟練後就能一筆畫完成。由於是直向符號，因此書寫時要避免前後的間距過大。

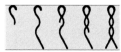

胎盤 【發音：h（k）】（Aa-1）

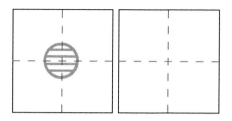

在圓內畫上橫線，畫得小小的即可。和鳥形符號組合在一起時，就填進胸前或背後的空隙內；若和橫向符號組合，就對齊正中央。

在壁畫等處常見以單純的圓圈、綠色圓圈、綠色圓圈中加入斜線等不同形式的圖案來呈現。

包含乳頭與尾巴的動物腹部 【發音：h（k）】

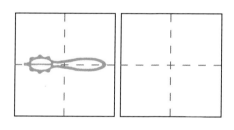

由於是橫向書寫，因此當前後連接橫向符號時，就寫成一個字的大小，抑或將兩個符號緊密重疊在一起。若是徒手作畫，那麼就

將左側圓圈上的刺畫長一點即可。

門閂 【發音：s（s）】

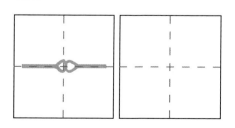

由於是橫向符號，因此當前後連接橫向符號時，就寫成個字的大小，抑或將兩個符號緊密重疊在一起。若是徒手作畫，那麼只需要在橫線中央加上兩條短直線即可，有時也會用來取代下面〈S-29〉的符號。

掛起來的布（從側面觀看的形狀）【發音：ｓ（s）】

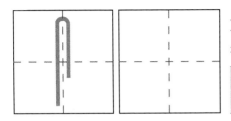

只要熟練就能一筆完成，不熟練時也可以左右兩邊分開書寫。由於是直向符號，因此書寫時要避免前後符號的間距過大。有時也會以上面〈0-34〉的符號來取代。

人工池塘（從上方俯瞰的形狀）【發音：ｓ（sy）】

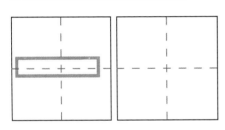

由於是橫向符號，因此當前後連接橫向符號時，就寫成一個字的大小，抑或將兩個符號緊密重疊在一起。壁畫等處也會出現中間刻上代表水的波浪圖案，有些是加上 2～3 條波浪，有些則是刻縱向的細鋸齒線。

山丘斜坡 【發音：ｋ（k）】

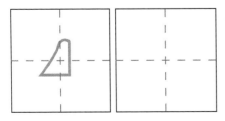

畫得小小的即可。徒手描繪時也可以用直線將斜坡部分畫成三角形，無須刻意呈現圓弧狀。和鳥形符號組合在一起時，要貼近胸前的凹陷處；若和橫向符號組合，就寫在橫向符號的上方正中央。

附有握把的簍筐　【發音：k（k）】

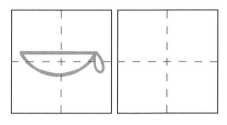

從簍筐的直線部分開始畫起，接著畫出圓杯狀的底部。由於是橫向文字，因此組合橫向符號時，就寫成一個字的大小，抑或將兩個符號緊密重疊在一起。

立起瓶子的臺座　【發音：g（g）】

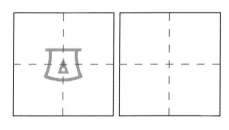

畫得小小的即可。徒手描繪時，也可以讓代表燭臺的三角孔與底線相連。和鳥形符號組合在一起時，要貼近胸前的凹陷處；和橫向符號組合時，就寫在上方正中央。

麵包　【發音：t（t）】

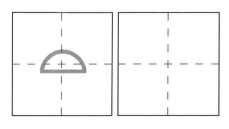

畫出一個小小的半圓形。和鳥形符號組合時，要填進胸前或背後的空隙內；若和橫向符號組合，就對齊正中央。

綁家畜的繩子 【發音： ℓ （ty）】

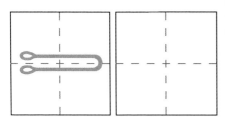

徒手描繪時，可以先從繩子兩端的圓圈畫起。整個圖案橫向延伸，以上下各一或者兩個符號緊密重疊的方式書寫。

手 【發音： d （d）】

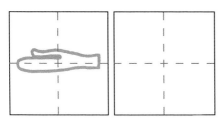

用一條線畫出大姆指，再延伸出整個手心。整個圖案橫向延伸，當前後皆為橫式符號時，就以上下各一或者兩個符號緊密重疊的方式書寫。

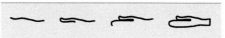

眼鏡蛇 【發音：*d*（jy）】

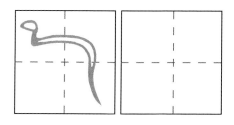

徒手描繪時，先畫出眼鏡蛇的圓形頭部，再以一條線畫出身體部分即可。左下方要避免形成足以容納符號的空間。

套索 【發音：*w₃*（wa）】

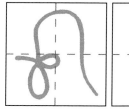 

要畫得稍微細長。徒手描繪時，從左向右依序畫出右方圓圈、下方圓圈，最後一筆完成。

讓名字變得更加有趣

　　能夠用埃及象形文字書寫出自己的名字之後，接下來不妨試著加上一些巧思，讓名字變得更生動有趣吧。在書中會向各位介紹，象形文字非但可以橫向、直向書寫，還能從左右任何一方開始書寫。

　　此外，在名字後方加入下面的符號，就能夠進一步指出男女性別，也顯得更為正式。

男性＝名字＋ 　　　　　　　女性＝名字＋

　　不僅如此，我們還能加上其他符號，表達這個名字屬於小孩，或者老爺爺、老奶奶。

男孩＝名字＋ 　　　　　　　女孩＝名字＋

老爺爺＝名字＋ 　　　　　　老奶奶＝名字＋

　　至於用橢圓框圍起來的名字則是法老的王名。
　　請多加嘗試各種不同變化。

　　話說回來，不知大家有沒有注意到，使用埃及象形文字書寫人名時，並不會出現同一個表音符號相連的情形。倘若遇到相連的情況時，我們就按照第9頁以後所介紹的書寫方式，使用可供替代的符號。例如日本人名飯田先生「iida」這類名字，就必須特別處理。

　　也就是讓名字從原本的 　　　　　，變更為 　　　　　。

第1章

從圖坦卡門之名
開始學習吧

向左、向右，橫書、直書皆能書寫

　　下圖即為 1922 年的「世紀大發現」，也就是從全球著名的古埃及法老王圖坦卡門（Tutankhamun）陵墓中所發現的箱子之一。照片是從正上方拍攝，我們可以從這個角度看出，橢圓形箱蓋上是以彩色象牙、黑檀木來呈現古埃及的象形文字。

　　事實上，這個象形文字所代表的意義為「圖坦卡門」之名，以及「上埃及國王，赫里奧波里斯統治者」的稱號。

　　橢圓是特別用來包圍國王名字的框架，一般認為是從繩子綁成圓圈的樣式發展而來，我們也能從照片的下方看見這個形狀。繩子的兩端分別代表開始與結束，

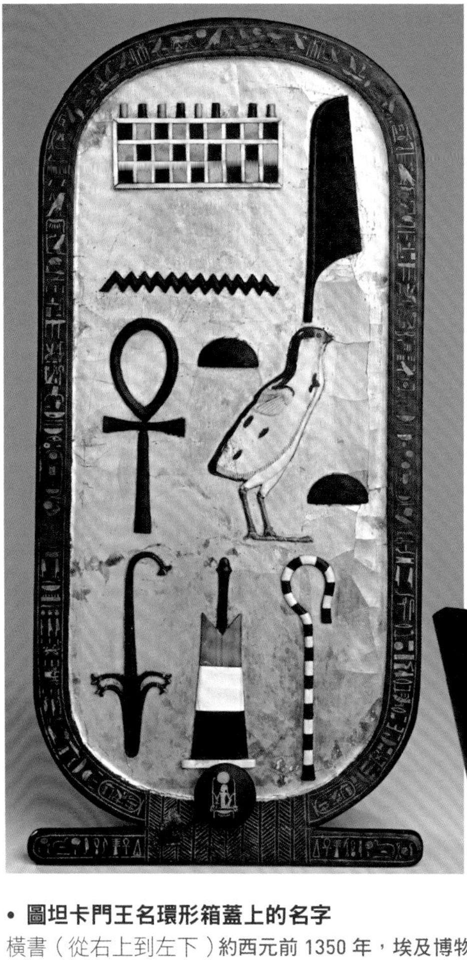

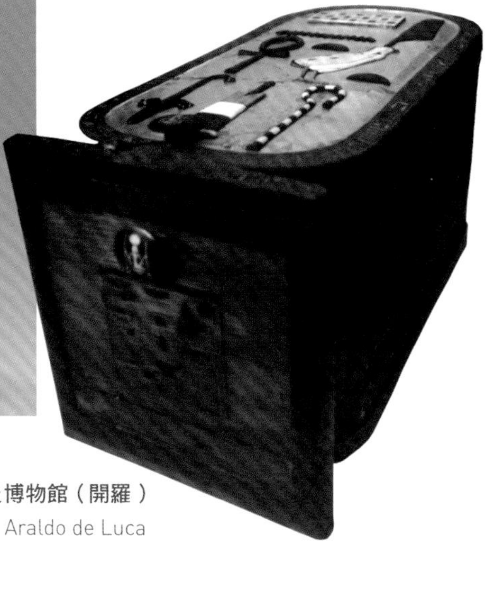

• 圖坦卡門王名環形箱蓋上的名字
橫書（從右上到左下）約西元前 1350 年，埃及博物館（開羅）

綁在一起便形成永無止盡的圓圈。渴望永恆生命的古埃及人，以無盡的圓圈象徵對永生的期盼，以此將國王這位今生最重要人物的名字包圍起來。

　　值得一提的是，我們熟悉的「圖坦卡門」之名，是歐洲各國及美國獲得埃及資訊時，將名字拼寫成 Tutankhamen 後才流傳開來，後來直接音譯為「圖坦卡門」。

　　另一個該注意的地方，就是埃及象形文字有直書、橫書之分，方向端視中央的鳥類符號朝向右或左方來決定。

▼ 從右到左表示的王名
此為墓室內包覆在國王石棺外的櫥櫃一角。名字前面的文字代表 nb ḫꜥw，即「王冠主人」（P95、99）的意思，

▶由左向右閱讀的直書名字
名字上方為 sꜣ-Rꜥ n ḫt f「真正的太陽神拉之子」（P55），下方為 mꜣꜥ ḫrw「誠實為善之人」（P78）。

▼由左向右閱讀的太陽神拉之子名（P63）
約西元前 1350 年，埃及博物館（開羅）

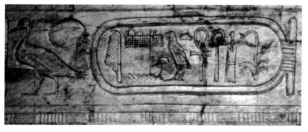

實際上，□□□□□□□□□文或日文的行文方式，書寫及閱讀時不但能採取直□□□□□□□□換左右兩側。

這時問題□□□□□□□章的閱讀方向呢？以圖坦卡門的名字為例，是從鳥□□□□□□閱讀，倘若沒有鳥類符號，就從牛或獅子這類哺乳類□□□□□□蜥蜴這類爬蟲類、人類等能夠清楚分辨正面的符號□□□□□□這些符號所朝的方向。

象形文字也□□用在神廟這類建築物的牆壁上。自古以來，大部分的建築都是採用左右對稱、極具平衡感的外觀設計，無論希臘神殿、日本的神社寺廟等建築，在設計理念上皆毫無二致。

埃及人在這些建築上所描繪的文字，同樣會讓左右兩側相互對稱，因此在直書時，也會分為由右至左與由左至右兩種書寫方式，更遑論橫書了。

實際可以參考 81、100 頁的範例。

必須注意的文字

前面說過，我們可以透過人類或動物的符號方向，來判斷文章從哪個方向開始書寫。不過，其中也有方向相反的文字。

上面的單字是由左往右書寫。雖然最初的手臂符號指向左邊，但最後的腳部符號卻是朝右行走，因為是往反方向移動，所以實際上代表「回去」或「返回」的意思。順便一提，腳這個符號在「前往」、「前進」的單字中，會朝向前方。

表示名字的象形文字

那麼，用來表示圖坦卡門之名的象形文字，該如何閱讀，才能看出這是代表一個名字呢？

首先，試著將發音為〈Tutankhamen〉的部分挑選出來。

現在沒有挑選到的符號共有3個。

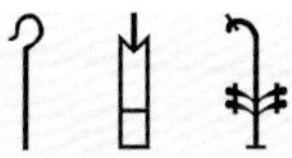

儘管每個符號都有其意義，但一般並不會作為名字的發音，總之這裡先將它們省略掉。

這個符號代表生長在水邊的蘆葦穗，書寫時請想像一下微風輕拂的芒草花穗。

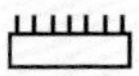

這個符號代表如下圖的棋盤與棋子。第18頁的圖坦卡門箱子照片上，這個符號在長方形的部分出現顏色不同的棋格，清楚地呈現出這是一個從俯瞰角度觀察棋盤表面而成的圖案。

然而，在棋盤上移動的棋子並無法從上方看出原本的形狀。只有從側面觀看時，才能充分看出它的形狀。所以古埃及人在明知看起來很奇怪的情況下，利用從上方觀看的

▶圖坦卡門的塞尼特棋
利用黑檀木及象牙製作的精美棋盤。
約西元前1350年，埃及博物館（開羅）

21

盤面，與側面觀看的棋子形狀，將兩者加以組合，創造出這個用來表示棋盤的有趣文字，這也是古埃及美術的獨特表現方式之一。

ᴡᴡᴡᴡᴡ ＝以鋸齒線來表示波紋。

◠ ＝呈現膨脹的麵包形狀。

𓅿 ＝這個翅膀蜷曲起來的符號是鵪鶉雛鳥。

◠ ＝這也是麵包的象形符號。

☥ ＝據傳似乎是涼鞋鞋帶。

　　然而，這裡的圖坦卡門之名，並非「蘆葦穗、棋盤、波紋、麵包、鵪鶉、麵包、涼鞋鞋帶」的意思。

　　這些象形文字其實和符號本身所代表的意思毫無關係。事實上，幾乎各種象形文字在使用時皆大同小異，和符號的形狀及意義一點關係也沒有。

- **驅趕家畜牛隻渡河**

河水與象形文字的水（N-35）同樣是採取鋸齒狀的表現方式。最右邊正在警戒四周的男性，身上穿著蘆葦製成的救生工具，這個救生工具的象形文字（V-18）為「守護」〈sȝ〉的意思。約西元前 2400 年，Ti 之墓（薩卡拉）

S3
守護

有其意義的名字

接著讓我們了解一下圖坦卡門王名的意義及閱讀方式吧。

首先從閱讀方式開始看起。

為了讓語序能發音成〈*Tutankhamen*〉，我們將象形文字重新排列如下，這裡試著以羅馬拼音來表示。

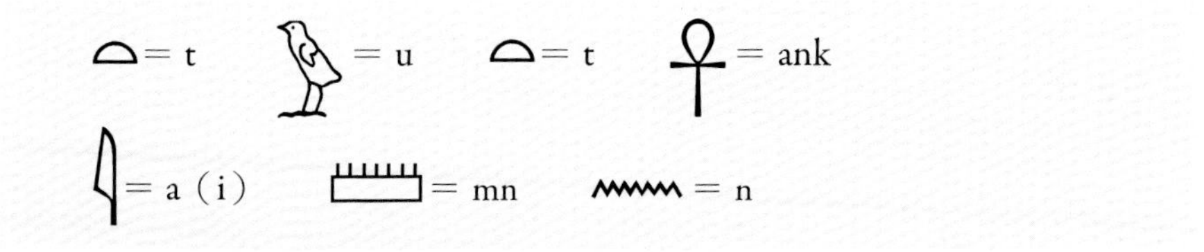

⌒ = t　　🕊 = u　　⌒ = t　　♀ = ank

⎮ = a（i）　　▭ = mn　　〜〜〜 = n

如此一來便成為讀音為 tutankamnn 的單字了。

這裡可以看見前 3 個文字組合起來為〈*tut*〉。

那麼 ank 的發音呢？我們光憑羅馬拼音並無法得知發音究竟是〈*anka*〉、〈*anki*〉、〈*anku*〉、〈*anke*〉、〈*anko*〉中的哪一個，而且也還要考慮〈*anaka*〉、〈*anika*〉、〈*anuka*〉、〈*aneka*〉、〈*anoka*〉等讀法。發音之所以如此多樣，皆因 n 及 k 後面沒有標示 a、i、u、e、o 等母音的緣故。

接下來的 amn 也無從得知發音是〈*aman*〉、〈*amin*〉、〈*amun*〉、〈*amen*〉、〈*amon*〉中的哪一個，這也是因為 m 後面不帶 a、i、u、e、o 所造成。

這些問題全出在象形文字沒有寫上 a、i、u、e、o 等發音所需母音的緣故。

由於古埃及人的發音方式已無從得知，因此無法更進一步地確認。負責解讀象形文字的考古學者們，只能以假設的發音方式進行閱讀。

一般會將 ank 讀作〈*anku*〉，若改為羅馬拼音呈現，單字最後以無法發音的子音結尾時，通常都會補上母音「u」以便閱讀，所以 ank 的結尾便以 ku 來發音。

此外，單字中間若有無法發音的子音，通常也都會補上母音「e」以便閱讀，比如「ann」會讀成 amen。單字最後若以「n」、「a」、「i」、「o」結尾時，也可以直接用〈*n*〉、〈*a*〉、〈*i*〉、〈*o*〉來發音。

只是這種發音規則並非絕對。在英語文獻中，並不會特別將「amn」寫成amen，有時也會拼成 amun 或 amon，分別讀作〈阿謬〉、〈阿蒙〉，英語也多半以〈阿蒙〉來發音。由此看來，象形文字的讀音並不需要過於拘泥於特定一種唸法。

話說回來，amn 的發音部分還有需要補充說明之處。第一點，這個音節是由 a＋mn＋n 所組成，最後的 n（波浪的象形符號）是限定符號，本身並不發音，因此是以 amn 來閱讀。

也就是說，埃及象形文字的構成機制近似中文的形聲字，由表示讀音的表音符號（聲符），以及區別同音單字的限定符號（部首）組合而成。好比 amn 這類約定俗成的常見單字，便會因為使用方式不同，而採用不同的限定符號。

第二點，閱讀順序和文字的排列方式並非一致。譬如 amn 在圖坦卡門之名中，明明是擺在最前方，發音時卻放在結尾。

之所以會有這樣的特殊規則，是因為這個單字是神名的緣故。埃及人經常將信奉的神祇名放入名字當中，像阿蒙霍特普（Amenhotep，為滿足阿蒙神之意）這類具有特殊含義的名字並不罕見。如果將最後才發音的神名置於單字結尾，可說是一種對神祇大不敬的行為，因此書寫時便將神名擺在單字前方。

另一方面，圖坦卡門之名中，像這類用來表示 amn 的象形文字，通常都會省略部分符號，正確的表示方式如下。

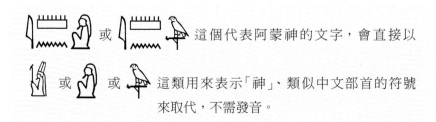

或 這個代表阿蒙神的文字，會直接以 或 或 這類用來表示「神」、類似中文部首的符號來取代，不需發音。

　　換句話說，圖坦卡門的名字中，象徵神祇本身或名字的部首符號，都會盡可能加以省略簡化。象形文字為了讓名字簡單明瞭，抑或必須縮短書寫長度時，只要字面上的意思不至遭到扭曲，像這種省略部首符號的做法是常有之事。

　　接著是後面的 tut，這也是簡化而來的字。

　　正確的寫法是後面還要帶有直立的人型棺木符號，這個單字的意思為「雕像」、「樣貌」。放置木乃伊的棺木，由於外觀是仿造死者生前的樣貌製作，因此被用來作為與「雕像」、「樣貌」含義相關、作用有如部首般的限定符號。

　　最後是發音為〈安卡〉的文字。

阿蒙神

　　阿蒙具有「無實際形體之物」、「隱密之物」的含義，祂原本就是一位沒有具體形態的神祇。

　　路克索（古埃及名 Waset，希臘語為底比斯）長久以來信奉阿蒙。在中王國時期，由路克索出身的國王統治埃及之後，原本為地方神祇的阿蒙神，與全國自古以來信奉的太陽神拉合而為一，繼而成為阿蒙‧拉神，形態如右圖所示，頭戴飾有兩根神聖羽毛的頭冠，以人類的樣貌示人。

　　到了新王國時期，阿蒙‧拉神和擁有內政、外交絕對權力的國王，同樣都以國家最高位神祇的身分廣受人民信仰。

● 阿蒙‧拉神與國王（塞提一世）
約西元前 1290 年，塞提一世靈殿（阿拜多斯）

這個字，據說可能源自涼鞋鞋帶，為「生存」、「生命」的意思。古埃及人相信生命永恆不息，然而生命是沒有形體之物，無法以象形文字呈現，加上文字發明之前便已有「安卡」（生命）的詞彙，所以便借用這個發音和生命相同、以涼鞋鞋帶呈現的文字來表示。

假使想要用上面的象形文字直接表示涼鞋鞋帶，可以像左圖一樣在安卡符號旁加上一條短直線，這麼一來就成了發音為〈安卡〉、意思為「涼鞋鞋帶」的單字。

也許有人會問，縱然發音相同，可是腳上沾滿灰塵的涼鞋和生命皆使用同樣的文字，這樣難道不會造成混淆嗎？採取這種造字做法的確切理由不得而知，有一種說法認為，只有國王這些身分尊貴的人物，才有資格身上涼鞋，因此涼鞋乃是相當高貴的身分象徵，不過實際上究竟是基於什麼原因，至今仍是一個未解之謎。

• 木乃伊放入墳墓前所進行的儀式
由木乃伊的守護神阿努比斯分身出來的男性負責扶著棺木，下面則有哭孝女進行悲傷痛哭的表演。
約西元前 1335 年，Roy 的私人墓室（路克索）

各式各樣的安卡

▲ **安卡（Ankh）、節德（Djed）、瓦思（Uas）**
節德代表「安定」、瓦思代表「統治權（或幸運）」。（P64-65）
約西元前 1990 年，卡納克神廟野外博物館（路克索）

• **手持瓦思權杖的安卡**
約西元前 1270 年，梅迪涅特哈布神廟
（拉美西斯三世的靈殿，路克索）

▼ **圖坦卡門的安卡形鏡盒**　安卡（生命）形狀的物品，也有如下圖這種以金屬製成象形文字形狀的鏡盒。將安卡（鏡子）放進安卡盒內這種做法似乎在當時很受歡迎。
約西元前 1350 年，
埃及博物館（開羅）

▲ **涼鞋**
利用蘆葦或紙莎草編製而成，只有身分尊貴的人才能穿上，一般百姓皆光著腳丫子，此為從阿蒙霍特普三世的王妃父母墓室中發現的陪葬品。
約西元前 1350 年，埃及博物館
（開羅）

以上是針對圖坦卡門之名的 7 個文字所做的簡單介紹。圖坦卡門的名字是由「阿蒙神」、「肖像」、「生存」這 3 個單字所組成，因此這個名字實際上是「阿蒙神的生存肖像」的意思。

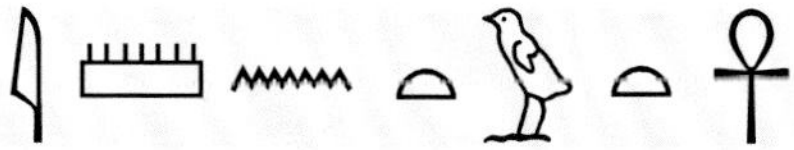

上面是代表圖坦卡門之名的 7 個字，雖然是以「象形文字」的形式書寫，我們卻也能從中看到像漢字部首的符號，好讓語意更為明確。

不僅如此，其中表示阿蒙神的象形文字，使用在不同的語境時，也可以用來表達符號的原始意思。

相關內容還會在後面的章節詳細介紹。在這之前，先看看圖坦卡門名字中剩下來的 3 個文字。

 = *ḥḳꜣ*，統治者＝從 簡化而來的字

 = *ỉwnw*，赫里奧波里斯（Heliopolis）＝從 簡化而來的字

 = *šmꜣw*，上埃及＝從 簡化而來的字

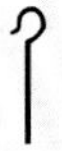

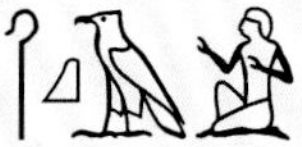

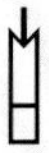

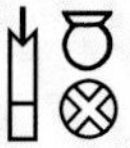

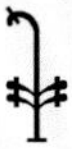

將這 3 個字組合起來，便是「統治者」、「（太陽神的聖地）赫里奧波里斯」、「上埃及」，也就是「赫里奧波里斯與上埃及的統治者」的意思。

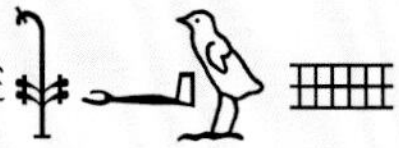

第 2 章
象形文字的
規則

埃及象形文字屬於語素文字

♀　這個象形文字「安卡」，形狀看似涼鞋鞋帶，卻幾乎都用來表示「生存」、「生命」的意思。

事實上，我們平常所使用的漢字也是如此，有時文字所代表的意思，未必就是表面看到的模樣。

舉例來說，像「母」這個字，呈現出來的便是擁有兩顆大大乳房的母親形象，然而「父」的造字原理卻不是以父親的形象為依據。

「父」這個字，最早是以手握石器的動作，發音為〈ㄈㄨ〉，為「石斧」、「用石斧敲打」的意思。而「夫」這個字的發音與「父」相近，因此為了區別妻子的丈夫與孩子的父親這兩個身分，原本為「石斧」意思的「父」字，便用來指代父親，另外造「斧」字來表示「斧頭」。

像「母」這類代表原本形象意思的字，就稱為表意文字；而平假名、片假名、羅馬字母這些表示發音的文字，則稱為表音文字。「父」這個字為握住石斧的手部形象，然而卻用來表示「父親」的概念，因此可以得知這個字並非表意文字。

漢字有單純的表意文字和非表意文字兩種使用方式，所以不會單純歸類為表意文字，而是以語素文字（記錄語言的文字）稱之。

換句話說，文字使用涼鞋鞋帶的符號，卻用來傳達意義截然不同的「生命」、「生存」，顯見埃及象形文字也屬於一種語素文字。

人類在很早之前就發明了語言，從人類口中說出的話，並非只是單純的發音，而是各有不同的意義，文字則是語言書寫呈現的形態，主要有下列幾種構成方式。

第一種是平假名、片假名、羅馬字母這類用來表示發音的表音文字；第二種是將意思繪成圖案的表意文字；至於意思不同於表意符號的，便是表語文字。

漢字演變與埃及象形文字

【母】

（埃及象形文字） 禿鷲與麵包的符號組合起來，讀作〈姆特〉，最後的女性符號則類似漢字的女字旁部首。

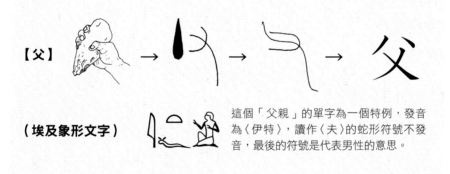

【父】

（埃及象形文字） 這個「父親」的單字為一個特例，發音為〈伊特〉，讀作〈夫〉的蛇形符號不發音，最後的符號是代表男性的意思。

　　在偶然的機緣下，日本人從中國引進漢字，創造出日本特有的平假名、片假名，以及在漢字中摻雜假名的日語體系，而古埃及象形文字也是採用和漢字極為相似的造字機制。

31

解讀埃及象形文字的關鍵

● 發現羅塞塔石碑的場所

拿破崙的軍隊與英國艦隊交戰，選擇於此處建造要塞，卻意外發現右圖的石碑（1799 年），並以發現地的地名，命名為「羅塞塔石碑」。遺址現今為清真寺。
Al=Rashid（Rosetta）

◀ **羅塞塔石碑**　最上層寫有古埃及的象形文字，在 14 行中有 166 種、共計 1419 個文字，只可惜因石碑破損而導致部分文字遺失。

中層為 32 行世俗體（民書體，約西元前 7 世紀平民使用的手寫體），下層則是用希臘文寫成的 54 行文字。　**高度 128 cm，寬度 77 cm，厚度約 30 cm 重量 762 kg，西元前 196 年，大英博物館（倫敦）**

▶ **菲萊島上的方尖碑**　為托勒密 9 世與王妃克麗歐佩特拉（並非著名的埃及豔后克麗歐佩特拉）獻給伊西斯女神之物，上面刻有象形文字，臺座則以希臘文刻著同樣內容，「托勒密」與「克麗歐佩特拉」之名也刻在上面。商博良在解讀埃及象形文字時，光靠羅塞塔石碑並無法確定文字意義，於是透過這個方尖碑上的象形文字掌握要領。目前收藏在英國。**西元前 2 世紀，Kingston Lacy House（多塞特郡）**

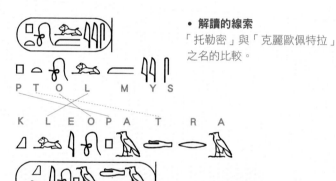

• **解讀的線索**
「托勒密」與「克麗歐佩特拉」之名的比較。

【上】寫著「托勒密」之名的象形文字，由右至左橫書。
【下】寫著「托勒密」之名的希臘文，由左至右橫書。

【左】寫著「托勒密」之名的象形文字。
【右】寫著「克麗歐佩特拉」之名的象形文字。
※ 皆為由左上至右下直書。

商博良破解象形文字

商博良的解讀方式

在商博良開始著手解讀象形文字之前，他將注意力放在保留古埃及語發音的科普特語（參考 P38）上。另一方面，在比較過寫有聖書體、僧侶體、世俗體的莎草紙後，他研究出僧侶體為聖書體的草寫與簡化，而世俗體又比僧侶體還要簡單，並發現到這些字體的機制皆大同小異。

以這些知識為基礎，他從希臘語及科普特語導向世俗體，後來根據世俗體研究僧侶體，再透過聖書體研究其文字意義。商博良在羅塞塔石碑上看出 6 個王名框，並推測出其中文字最短的王名必定只寫著「托勒密」幾個字。

他同時也發現到一件事，那就是希臘文字是由左至右書寫，而橢圓框內的象形文字卻是由右至左書寫，代表埃及象形文字為表音文字。透過這個研究成果，他又推測出前頁亞斯文菲萊島方尖碑上的碑文內容。

經過方尖碑的象形文字、羅塞塔石碑的象形文字、希臘語三邊交互比對，商博良隨即發現托勒密的名字，很快地又解讀出另一個名字為克麗歐佩特拉。

如前頁所述，在克麗歐佩特拉之名的文字中，

 3 種符號與托勒密之名共通。

和 雖為不同符號，但發音幾乎完全相同。

另外也推測出 的發音為 K、 為 E、 為 A、 為 R。

後來證實商博良的結論是正確的，在他查出這 12 個符號發音之後，立即就將亞歷山大大帝之名，以及托勒密王朝、羅馬時代的國王及皇帝之名逐一解讀出來。

不過，他對此成果仍抱有疑慮。因為在解讀克麗歐佩特拉或托勒密等馬其頓國王之名時，他都是從表音的角度切入，但是這兩個名字在希臘語中，分別又有「父親的榮耀」、「好勝之人」的意思，如果古埃及人是以表意的方式來構成名字，而不是音譯的話，那麼商博良過去採用的方法就不管用了。

然而，商博良的擔心看起來是多餘的。因為拉美西斯、阿蒙霍特普等歷代國王之名，後來也透過想像、比較推測而一一成功解讀，此時已是羅塞塔石碑發現後的第 23 年，也就是 1822 年以後的事。

商博良的成就對於後來的埃及學影響甚鉅，世人更將他譽為「埃及學之父」。繼商博

- **解讀 150 週年紀念** 　上圖為埃及於 1972 年所發行的郵票與封套，郵戳則是設計成「托勒密」的象形文字。右圖為法國發行的郵票，象形文字為「您的成就如天一般不可動搖」的意思，下面的科普特語則寫著和法語相同的內容。

良之後，經由許多研究人員的努力，我們得以對埃及象形文字有更深一層的認識，如今已幾乎能夠完全解讀出來。

羅塞塔石碑的內容

羅塞塔石碑上記錄著西元前 196 年 3 月 27 日，托勒密・埃庇法涅斯（托勒密五世）加冕一週年時，埃及全國的祭司一同齊聚在孟菲斯的卜塔神廟頒布「孟菲斯法令」。

當中寫道：國王向全埃及的神廟供奉貴重物品，使國民免除或減輕稅賦、罪犯獲得特赦、軍人得到大量穀物等俸祿，並且興建修復神廟，以期為埃及帶來和平、秩序及繁榮，為了在這裡表揚這位偉大國王的成就，特將國王雕像與全國神廟的神像安置在一起，同時將這則告示用 3 種文字寫在 1 塊石碑上，設置於全國的神廟內，使全國國民皆能將國王的成就銘記在心。

象形文字的字母

接下來，我們便來認識埃及象形文字中的基本字母吧。

右頁的表格，統整了象形文字的基本字母和對應讀音。我們可以見到鳥、蛇、植物等外型的象形文字，雖然每個字皆針對其原始意義加以說明，但實際上，當我們在解讀象形文字時，每個字都和圖案的意思完全無關，大多只是作為一種發音符號，希望各位不要因此混淆了。

接著，我們也要特別注意每個字母的讀音。表格內記錄了每個象形文字的……發音全部轉寫為羅馬拼音的形式，那麼就會出現許多……例如〈k〉或〈h〉等發音相同的字，也有像埃及禿鷲……難以分辨讀音的字母。這些看似相同、實則讀音各……隨意交換使用。

發音方式

從右頁的表格中，不難知道象形文字是使用專門的發音字母，而且可以替換成羅馬拼音，讓我們得以對照唸出所有字的發音。不過這裡要特別提醒各位，這套讀音系統是現代的語言學家所創造，是為了學術研究和探討便利之用，並不是古代流傳至今的閱讀方式。

古埃及語在西元前幾世紀時，便已經受到鄰近的希臘影響，到了西元前332年，亞歷山大大帝將埃及納入版圖，其後經歷大地麾下的將軍托勒密的統治，埃及至此已完全統一使用希臘語了。至於古埃及原本使用的象形文字，在著名的埃及豔后克麗歐佩特拉去世之後，於西元5世紀羅馬統治時期期間便不再使用，最終為世人遺忘。

西元3世紀至7世紀，曾經流行一時的科普特語，便是利用希臘字母乘載古埃及語。後來這套語言卻因為埃及伊斯蘭化，逐漸被阿拉伯語取代，不

象形文字的讀音

象形符號	符號代表的意義	發音	象形符號	符號代表的意義	發音
	埃及禿鷲〈G-1〉	*ȝ* a		亞麻線搓成的細繩〈V-28〉	*ḥ* h
	蘆葦穗〈M-17〉	*i* i		胎盤〈Aa-1〉	*ḫ* k
	兩根蘆葦穗〈M-17〉	*y* y		動物腹部（包含乳頭與尾巴）〈F-32〉	*ẖ* k
	兩條斜線〈Z-4〉			門閂〈O-34〉	*s* s
	手心朝上、手肘呈直角彎曲的手臂〈D-36〉	*ꜥ* a		掛起來的布〈S-29〉	
	鵪鶉鶵鳥〈G-43〉	*w* w		人工池塘〈N-37〉	*š* sy
	腳〈D-58〉	*b* b		山丘斜坡〈N-29〉	*ḳ* k
	蘆葦墊〈Q-3〉	*p* p		附有握把的簍筐〈V-31〉	*k* k
	有角的蛇〈I-9〉	*f* f		立起瓶子的臺座〈W-11〉	*g* g
	貓頭鷹〈G-17〉	*m* m		麵包〈X-1〉	*t* t
	水波〈N-35〉	*n* n		綁家畜的繩子〈V-13〉	*ṯ* ty
	嘴巴〈D-21〉	*r* r		手〈D-46〉	*d* d
	蘆葦搭成的草屋〈O-4〉	*h* h		眼鏡蛇〈I-10〉	*ḏ* jy

〈 〉內的英文字母與數字，是根據本書最末所附的象形文字一覽表，不僅是全球共通的編號列表，也是所有研究學者之間相互交流的文字分類編號。

• 科
寫在
西元

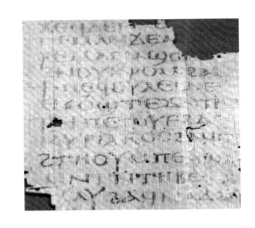

久後便銷聲匿跡。

　因此古埃及象形文字的讀音，現今只能根據少數已知的科普特語發音，以及希臘人的紀錄加以推測。

　其中最困難的，就屬不知道該如何發音這一點。象形文字中並沒有發音所需的母音，這點我們也在第 1 章的圖坦卡門之名，利用發音為〈安卡〉、〈阿蒙〉的象形文字中介紹過。

　39 頁的表格當中，雖然有列出〈a〉、〈i〉、〈u〉這類能夠作為母音發音的字母，但這些字母在古代並不是為了讓子音發音更清楚而使用。

　讓我們以下面的單字為例，看看象形文字該如何發音吧。

　接著看下面的單字發音方式。

　從上面的例子可以看出，單字一旦沒有母音便無法發音了，因此我們發音時會在每個子音之間插入 e 作為假母音，單字結尾則補上 u 或 o。

　只要參考本書的範例，閱讀各個單字及王名，就能漸漸熟悉象形文字的發音方式。

單字的構成

我們再回過頭來觀察圖坦卡門之名中用來代表「生命」的字。這個符號讀作〈安卡〉,為「生命」的意思,若以 37 頁的字母來標示〈安卡〉的讀音,表現方式如下。

$$\text{☥} = \text{━━} \text{〰〰〰} \text{⊖} \quad \epsilon n \underline{h} \,\langle 安卡 \rangle$$

上面的表現方式,就好比利用注音符號標示漢字的讀音。只不過,中文即使全以注音符號書寫,語意也不難理解,然而埃及象形文字若不使用 ☥ 的符號,只以 ━━ 〰〰〰 ⊖ 來表示的話,這樣並不能表達出「生命」的意思。

左圖的單字,是在〈安卡〉的符號之後加上表示讀音的符號。如果整個單字都只有表音符號,就很難理解個中意思了。

下面再看看幾個常見單字。

這個單字常見於古埃及遺跡或博物館的展示品上。

這個單字讀作 nsw〈涅蘇〉(也有一說是讀成〈涅蘇特〉),代表「國王」、「法老」的意思。下面再將單字拆解成個別符號。

= 讀作 sw〈蘇〉。(符號造型:蘆葦)

= t〈特〉。這個文字是否發音,目前研究仍眾說紛紜,我想既然現在已經無從得知原本發音,那麼便無須過度執著於〈涅蘇〉的發音是否正確了。

= n,以羅馬字母 n 來表示,發音時要加上 e 的母音,因此讀作 ne〈涅〉。

如果〈涅蘇〉這個發音正確，那麼按照拼音，這個字就必須依照下面的順序排列，可是如此一來就不符合簡潔優美的象形文字書寫原則了，於是刻意改變符號的排列順序，將重點擺在文字外觀上。

這個單字具有「國王」、「法老」的含義，是相當重要的詞彙。或許因為如此，在壁畫或浮雕中經常見到這個字出現在開頭。

下面的單字也經常出現在壁畫等處（參照 P95）。

讀作 $n\underline{h}\underline{h}$〈涅赫夫〉，意思為「永遠」。

= $n\underline{h}$〈涅夫〉。（原始符號；珠雞）

= $\underline{h}$，接在〈涅夫〉之後的表音符號。

= $\underline{h}$（表音符號）

=（原始符號：太陽，這個符號用來表示太陽與時間的關係，類似漢字的日字旁部首）

〈涅赫夫〉「永遠」這個單字，書寫時多半會省略  這個符號，並重新整理為如左圖般以太陽文字為中心、左右對稱的整齊形狀。

當時的埃及人特別重視左右均衡的美感，這點在圖坦卡門的名字上也可見一斑，古埃及人對於單字的拼寫方式想不到竟如此地執著。

單字結構有如漢字的偏旁

埃及象形文字的單字，只要加上類似漢字左右偏旁般的符號，就能使意思變得更為準確，這點也可以從目前為止介紹過的單字中觀察到。如果以日語

來舉例對照，若只用平假名標示「kami」的讀音，並無法讓人理解究竟是指「神」、「紙」、「髮」、「上」哪個漢字。

　　古埃及人就是在這樣的限制之下，創造出功能如同漢字部首般的符號，雖然這種符號不發音，卻具有決定單字意義的功能，因此稱為限定詞。

　　下面列舉幾個象形文字的實例。

好比左圖這個代表太陽的象形符號。

在象形文字當中，這個符號經常用來表示「太陽」。當直接用它形容太陽的時候，必須像左圖一樣加上一條直線，這個單字讀作〈拉〉$r\mathcal{c}$，這麼一來才真正具有「太陽」的含義。

　　不光是太陽文字，下面的符號也同樣要加上直線之後，才足以代表符號本身具有的含義。

$= \mathfrak{z}$〈阿〉，「埃及禿鷲」　　$= \mathcal{c}$〈阿〉，「手臂」

　　話雖如此，如果各位實際觀賞過壁畫，應該會發現仍有許多沒有加上直線的例外單字。這時候便根據周圍的單字、語意等方面來判斷。

　　回歸正題，如果想要強調「太陽」的意思時，單字中便需要加上如同漢字的「日偏旁」符號。漢字用來表示太陽的「日」字，其實也和 ⊙ 一樣，是經過長時間的演變才定型成為文字，並進一步與其他的字組合成「明」、「時」等字。這個時候，「日」已然成為部首，不用來表示發音，而埃及象形文字也是如此。

例如左邊這個單字，並不是讀作 $rkr\mathcal{c}$〈雷庫拉〉。

$= r$（表音符號）　　$= k$（表音符號）

$=$ 與太陽或時間有關的限定詞

由上面 3 個符號組成的單字，讀作〈雷喀〉rk，為「時間」的意思。

接著再看看下面這個單字。

$\searrow$ = w（表音符號）　　　　　wwww = b（表音符號）

$\rfloor$ = n（表音符號）

⊙ = 與太陽或時間有關的限定詞

　　這個單字讀作〈烏班〉或〈威班〉wbn，最後的〈拉〉也無須發音，為「上升」、「閃耀、發亮」的意思。

　　左邊的單字也是同樣的規則。我們從第 37 頁的象形文字字母表格中找出 ⊙ 以外的表音符號，得到 hrw 的發音，讀作〈赫魯烏〉，為「日（1 日）」的意思。

　　這是因為古埃及時代的曆法與太陽週期息息相關的緣故。

組合限定詞

　　如果要使單字的意思更為明確，除了可以使用限定詞之外，我們可以再多加一個以上的符號，進一步突顯語意。

　　這裡以漢字的結構為例，先來了解個中機制吧。我們就以「花」這個常見的字來說明。

　　「花」的上半部為草字頭，表示這個字與花草有關。下半部的「化」字，左邊為站立的人，右邊是一個看似蹲下的人，藉此傳達變化的概念。將文字拆解開來，就是草木改變樣貌之意，從而衍生出「花」這個字。

　　我們平常慣用的字，一旦拆成各個符號，就能看出文字的結構都是經過深入思考後組合而成。

　　埃及象形文字也是一樣，為了讓單字意思更加明確，因此在結構上也可以看見相同的巧思。

這個單字讀作〈塞卡〉$sk\mathit{з}$，為「耕作」的意思。

 ＝ s（表音符號）　　　　　

 ＝ $\mathit{з}$（ 的表音符號）

 ＝看似耕作農地時，牛隻拖曳的犁的側面圖式。這個符號為「耕作」的限定詞。

 ＝看似拿棒子敲打的男性，用來表示勞力工作或必須努力等行為的限定詞。

　　以上就是在耕作工具的符號後面加上代表努力的人類符號，如此便能正確讓文字表達出認真從事農作的景象。

發音相同，意義迥異的字（同音異義）

　　前面曾經舉過日文的「kami」為例，我們無法從這個拼音確認它是「神」、「紙」、「髮」、「上」中的哪個字。古埃及語當中，這類發音相同，意義卻截然不同的單字，可以說是多如繁星，這時附加在單字後方，用來決定單字意思的限定詞就顯得相形重要了。

　　我們透過下面幾個例子來觀察。

 ＝ mr，讀作〈美魯〉

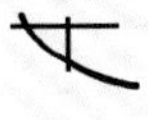

只有這個符號讀作 mr〈美魯〉

= r（上方符號的表音符號）

然而，光憑左邊這兩個組合起來發音為〈美魯〉的文字，並無法知道它所代表的含義。假使在這兩個符號的後面加上用來決定意思的限定詞，就會變成以下幾種含義。

加上手放在嘴上的男性文字，會是什麼意思呢？由於這個字和「吃」「喝」、「說話」、「思考」等意思相關，因此便成了「喜愛」的意思（不過發音讀作〈美利〉，是一個特例）。

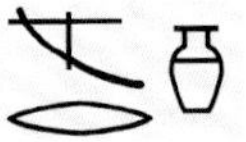

若以瓶子符號取代男性符號，就成了「牛奶容器」的意思。

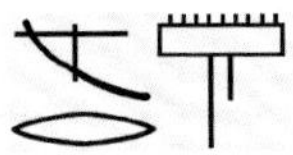

此文字代表附有纓穗的布與掛起來的布，為布料相關的限定詞，這個單字的意思為「捆綁」。

倘若限定詞不同但發音相同，也會形成不同的含義。下面再舉幾個例子。

 左邊 4 個符號組成的單字，讀作〈赫努烏〉hnw。

= h（表音符號）

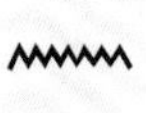

= n（表音符號，下面 的表音符號）

= nw，讀作〈努〉

= w（表音符號，上面 的表音符號）

因為在的前後加上用來表示發音的符號，所以唸起來稍微有些複雜，這裡我們不會唸成〈赫涅努烏〉***hnnww***，而是讀作〈赫努〉***hnw***。

後方加上瓶子的限定詞，這個單字就是「瓶子」的意思。

加上代表人們的字，就是「伙伴」的意思。

3 個波浪符號則具有「波浪」的含義。

找出表音符號，以及用來區別字義的限定詞，這兩點就是解讀埃及象形文字讀音時的重要準則。唯有熟悉相關史料文獻，才能夠順利無礙地分辨出單字中的表音符號與限定詞。

讀音兩個以上的字（一字多音）

當一個字有兩種讀音時，這時候標示發音的表音符號就非常重要了。下面就來看看這樣的例子吧。

左邊圖案為鑿削工具的符號，唸法有〈美魯〉***mr***與〈阿布〉***ꜣb***兩種。如果將這個符號放進下面幾個表音符號中，那麼該如何發音呢？

＝***m***（表音符號）

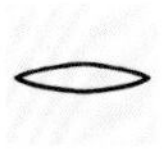

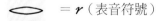

＝***r***（表音符號）

總之就是以表音符號的形式和***mr***寫在一起，和前面的瓶子一樣，不會讀作〈美魯美魯〉***mrmr***。這個字可以組合出下面幾個單字。

加上金字塔的符號後，就具有「金字塔」的含義。

加上麻雀的符號則為「生病」的意思，或許是從麻雀對人類的農業生活有害聯想而來的吧。

單單只有最後一個符號不同，就會出現「金字塔」和「生病」兩種截然不同的結果，這點也是埃及象形文字耐人尋味之處。

發音為〈阿布〉時，要加上以下表音符號。

只要加上這個符號，原本發音為〈美魯〉的字就要唸成〈阿布〉 $\imath b$，下面讓我們看看讀作〈阿布〉時的單字吧。

加上行走中的雙腳，便具有「結束、停止」的含義。

加上手放在嘴上的男性符號，便具有「期望」的含義，並特別讀作〈阿畢〉 $\imath b\imath$。

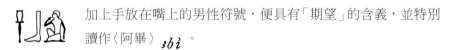

這個符號代表附有纓穗的布。

如左圖般，在前後加上  $\parallel s$ 與 $\frown k$ 的表音符號時，這個字就讀作〈塞喀〉 sk，和前面鑿削工具的符號有異曲同工之妙。

加上麻雀符號，便具有「（因事故）死亡」、「滅亡」、「衰退」的含義，並特別讀作〈塞基〉 $sk\imath$。

如左圖般加上 h 的字讀作〈瓦夫〉 $w\jmath\hbar$。使用這個發音，再加上下面這個限定詞，這個單字是什麼意思呢？最後加入的符號代表莎草紙捲軸，為透過思考來產生行為、累積知識的限定詞。
因此這個單字具有「放下」、「擺放」、「承受」的含義。

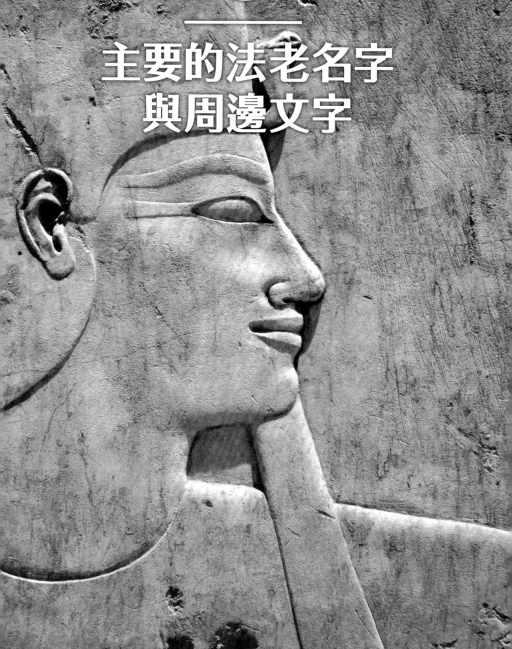

第 3 章

主要的法老名字
與周邊文字

上下埃及的統一

對於古埃及人而言，尼羅河是國家、領土的中心，它在古代受到神化，成為一位名為**哈庇**的神祇。尼羅河為埃及人帶來富足的生活，是日常生活中不可或缺的一環，因此被奉為神祇加以崇拜。

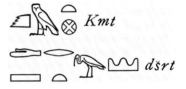

紙莎草叢

古埃及人能夠生存、活動的區域，僅有尼羅河沿岸有河水流經的少部分土地罷了。尼羅河從現在的開羅南方為起點，向北方拓展，沖刷出一大片的三角洲，從地圖上俯瞰，就像是沙漠中綻放的美麗花朵。

古埃及人將這片賴以生存的土地稱為 **Kmt**，沙漠地區則稱為 dšrt。kmt 也具有黑色的含義，是指尼羅河水流經的黑色耕地；反之 dšrt 代表紅色，是根據沙漠地區的顏色所創造出來的單字。

西元前 3500 年，埃及尚未統一為一個國家，數個小國沿著尼羅河林立，發展出多元且獨特的文明。雖然每個國家的人民階層、生活模式、風俗習慣各有不同，但他們都擁有一個共同點——分布於尼羅河的三角洲地帶，或是傍著河水而立。結合這個發現，我們再回頭看古埃及人如何稱呼他們的土地，不難想見早在西元前 3200 年，埃及人便已經意識到埃及是由北方三角洲與南方河谷這兩大區域所組成。

蓮花

● **化身為歐西里斯的塞提一世與托特神**　塞提一世全身包覆白布，擺出木乃伊的姿勢化身為歐西里斯神。歐西里斯手持象徵下埃及王的脫穀用連枷（nḥꜣḥꜣ）與象徵上埃及的牧童手杖（ḥkꜣ）；掌控歷史、時間、智慧的托特神，則是以黑頭白鵑形象，朝歐西里斯遞出統治上、下埃及的權杖。我們也可以在 2 根權杖上，看見眼鏡蛇裝飾分別戴著象徵下埃及國王的紅冠與象徵上埃及國王的白冠。**約西元前 1290 年，塞提一世神廟（阿拜多斯）**

● 頭戴雙重王冠的荷魯斯神
荷魯斯右手握著連枷、牧杖，以及象徵統治權的權杖 Uas（右圖）。下方的椅子可見裝飾有 Sema-Tawy 的圖案。
西元前 1290 年，塞提一世神廟（阿拜多斯）

$w3s$

$Mḥw$　　　$šm'w$

埃及人以**下埃及（Lower Egypt）** $Mḥw$
這個帶有「尼羅河下游的埃及」含義
的名稱，來形容三角洲地區；而南方有如花朵細莖的土地，則以**上埃及（Upper Egypt）** $šm'w$ 稱之，意思為尼羅河上游的埃及。

　　我們可以在各處看見這兩大區域時常以不同的形態分別呈現。比如下埃及的莎草紙對上埃及的睡蓮，國王舉行儀式時手上持有的脫穀用**連枷**〈$nḥ3ḥ3$〉與牧童**手杖**〈$ḥk3$〉，以及紅色王冠（紅冠）及白色王冠（白冠）。甚至就連王名也經常以上下埃及的象徵組合在一起，或是成對出現，藉此強調兩國的統一與繁榮。

$nḥ3ḥ3$

$ḥk3$

　　古埃及的王朝時代，約從西元 3100 年開始，以上、下埃及統一為開端。

　　國王完成統一埃及的偉業，是以 **Sema-Tawy（埃及全國統一）** 來表示，通常會以

$sm3 - t3wy$

結合紙莎草梗與睡蓮梗的形象呈現，並作為家具、項鍊飾品等各種物品上的圖案。儘管大地可以用發音為〈塔 〉$t3$ 的符號來表示，但根據埃及是由兩個國家所組成的這層意義，因此採用〈$tawy$〉（兩國） 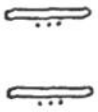 獲得〈$sema$〉 （統一）這種說法。

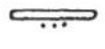

國名的由來

前面已經介紹過 Kmt 這個代表耕地的單字，是如何成為埃及的代名詞，那麼現在我們所使用的「埃及」名稱是如何產生的呢？據說是源自古希臘人稱呼當地的 *Aἴγυπτο*（Aigyptos）一詞。這個單字是從古埃及時代的 **Hut-Ka-Ptah（卜塔神靈魂的宮殿）** 而來，意思為古代位於孟菲斯這個繁華市中心的神廟。孟菲斯位於現在的開羅南方不遠處，為上下埃及的交界，因為位在尼羅河三角洲的河口，所以是外國人眼中著名的物資交流中繼地。

當時前往 Hut-Ka-Ptah 就意味著前往埃及，使得這個名稱的知名度也跟著水漲船高。

• **Sema-Tawy 儀式**　托特神將象徵上埃及的蓮花、荷魯斯神將象徵下埃及的紙莎草，分別綁在中央的 Sema 柱上，透過跪坐於柱上的拉美西斯二世來象徵國家統一。
約西元前 1250 年，卡納克神廟（路克索）

• **把葡萄酒獻給卜塔神的拉美西斯三世**　卜塔神為孟菲斯神話中的造物神，在王朝時期曾占有一席之地。祂的全身裹著白布，頂著一頭光頭，臉上則塗有象徵豐饒的綠色（代表植物的顏色），身體由妻子塞赫麥特女神從後方支撐。
約西元前 1270 年，梅迪涅特哈布神廟（拉美西斯三世的靈殿，路克索）

Ḥwt- kꜣ- Ptḥ

古埃及國王為何稱為法老？

想要熟悉埃及象形文字，可以從王名這種可以清楚區分的字開始入門。選出你認識的國王名字，研究出單字結構，光是這樣便足以帶來相當大的樂趣。

在此之前，我們先從「國土」這個單字，也就是「法老」這個常見的古埃及國王獨特稱呼開始看起。

這個名稱是由於希臘等外國人如此稱呼埃及國王而廣為流傳，這個稱呼在《舊約聖經》中寫作 Paro，現代則以 Pharaoh 來表示。法老一詞透過基督教徒散播而成為全世界共通名稱。

據說 Paro 源自古埃及語的 *Pr3*，象形文字為  。

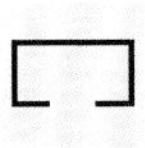

 ＝ *pr*，讀作〈佩魯〉，為俯瞰房屋圍牆的形狀。

 另一個象形文字寫成 ⟷ 或 ⎰，此木頭柱子的符號發音為〈阿阿〉*c3*，是左圖這個帶有「大」含義的單字極簡化形態。

▃▃ ＝ *c*〈阿〉（表音符號）　　🦅 ＝ *3*〈阿〉（表音符號）

▃▃ 最右邊的符號代表莎草紙捲軸，為無形的限定詞。

Pr 經過外國人的訛傳，繼而創造「Paro」、「Pharaoh」等名詞。

這個單字直譯為「大型之家」，也就是「王宮」、「宮殿」的意思，讓人聯想到「位居宮殿之人」。日本過去也將天皇稱為「御門」，而江戶末期來訪的外國人也同樣將天皇音譯為 Mikado。有趣的是，用御門來表示「位居大門內之人」，和古埃及人用住所代指國王的方式如出一轍。

然而，一般使用 *Prȝ* 的情況十分少見，多半是寫成左邊這個曾在第 2 章 39 頁介紹過的「國王」單字，發音為〈涅蘇〉*n s w* 。

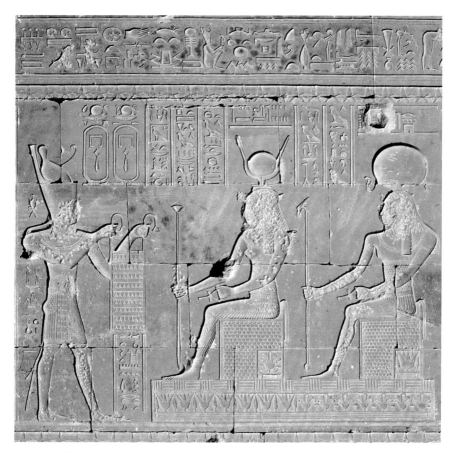

● **無名國王與眾神**　國王向哈索爾女神獻上飾品。哈索爾女神常以母牛形象呈現，為掌控豐饒、母性的神祇，其名哈索爾〈*Hwt hr*〉代表「荷魯斯神之神廟」的意思，就連象形文字也是以神廟符號組合荷魯斯的造型來表示，而荷魯斯神（王權的守護神）就端坐在哈索爾女神的後方。國王頭上的王名環內只寫著「*Prȝ*」，有可能是托勒密王朝末期到羅馬時代這段期間，國王的在位期間皆不長，加上政局不穩定所致。
約西元前 1 世紀，哈索爾神廟（丹達拉）

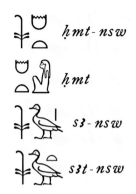

$ḥmt\text{-}nsw$

$ḥmt$

$s3\text{-}nsw$

$s3t\text{-}nsw$

王后的單字如左圖第一所示。

這個字讀作〈赫麥特‧涅蘇〉,〈赫麥特〉代表「妻子」、「伴侶」的意思,見第二個單字圖示;〈涅蘇〉則是「國王」單字最簡化的形態。

如果只有 🌱 的符號,那麼只能得知它的發音為〈蘇〉,但是因為我們已經知道這個符號是用來表示國王的意思,所以只需使用 1 個符號便具有足夠的代表性。

同樣地,接下來的第三、第四個字,分別表示「王子」與「公主」。王子的讀音為〈沙 涅蘇〉,公主則是〈沙特‧涅蘇〉。

🦆🧍〈沙〉為「兒子」、🦆🙏〈沙特〉為「女兒」的意思。不過在組成「國王的兒子」,也就是「王子」這個單字時,這裡表達「兒子」意思的字會出現特殊變化,必須在針尾鴨的符號後方加上一條直線。原本加入直線的用意是要強調該符號的原始意義,可是在大部分的情況下,即便在針尾鴨之後加入直線,這個字也未必是表示鴨的含義。

還有一點必須注意,古埃及語還分為陽性與陽性形態。🦆🧍〈沙〉和🦆🙏〈沙特〉之間的不同,不僅僅在於決定男女意思的人類符號上,還要另外加上半圓形麵包的符號 ⌒ t。

原則上,在表達「好(美麗)的公主」時,「好(美麗)」這個單字也會加上麵包文字 ⌒,讓文字以陰性形態呈現。如下所示。

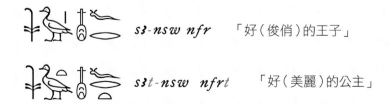

$s3\text{-}nsw\ nfr$ 「好(俊俏)的王子」

$s3t\text{-}nsw\ nfrt$ 「好(美麗)的公主」

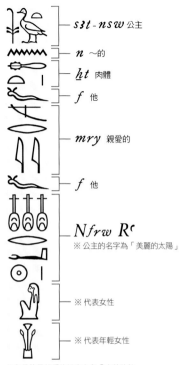

s3t-nsw 公主

n ～的

ḫt 肉體

f 他

mry 親愛的

f 他

Nfrw Rꜥ
※ 公主的名字為「美麗的太陽」

※ 代表女性

※ 代表年輕女性

公主是他最親愛的親生女兒「奈菲路拉」。

• **拉美西斯二世的女兒奈菲路拉公主**

公主右手持叉鈴（Y-8），左手持串珠製作的 Menat 項鍊（S-18），同時搖晃兩者來演奏音樂。約西元前 1290 年，塞提一世神廟（阿拜多斯）

n ḫt f

雖然直譯為「在他身旁的（公主）」，不過這裡譯為「他的親生（女兒）」。發音時會在〈n〉、〈f〉之後加上〈e〉

nfrw

只有 1 個符號時讀作 **nfr**〈奈菲爾〉，如果是 3 個排列在一起的複數形態，通常會在結尾加上 **w**〈烏〉的讀音，因此這裡讀作〈奈菲路〉。

3 條直線除了左邊的直向排列之外，也有下面這種橫向並排的形式。

不僅複數，古埃及也會將兩個視為 1 個，也就是「一雙」、「一組」、「一對」的特殊表達方式，例如常見於壁畫的「國土」，就是用兩個符號代表埃及全土，發音時會在結尾加上〈烏伊〉**wy** 的讀音。

t3 國土

t3wy
上、下埃及兩國（埃及全土）

有時也會視不同單字，改以兩條線 \\\\〈提〉或 ||〈伊〉來表示。

象形文字的基本句子結構

基本上是以形容詞＋主詞（名詞、代名詞）、動詞＋主詞所構成。

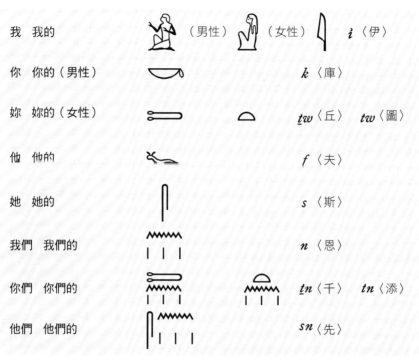

我　我的	（男性）（女性）	*i*〈伊〉
你　你的（男性）		*k*〈庫〉
妳　妳的（女性）		*tw*〈丘〉　*tw*〈圖〉
他　他的		*f*〈夫〉
她　她的		*s*〈斯〉
我們　我們的		*n*〈恩〉
你們　你們的		*tn*〈千〉　*tn*〈添〉
他們　他們的		*sn*〈先〉

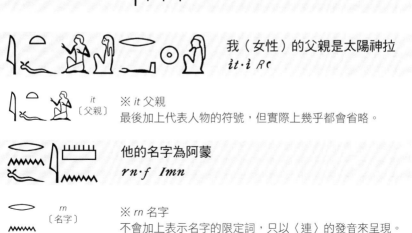

我（女性）的父親是太陽神拉
it · i Rc

it〔父親〕

※ *it* 父親
最後加上代表人物的符號，但實際上幾乎都會省略。

他的名字為阿蒙
rn · f Imn

rn〔名字〕

※ *rn* 名字
不會加上表示名字的限定詞，只以〈連〉的發音來呈現。

高掛天空的太陽（神）
太陽（神）高掛於天空
太陽（神）高掛於天空時
※ 可解釋為上述意思。

R m pt

m 在～之中（表示狀態時）　*pt* 天、空

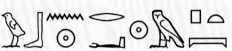

wbn R m pt

太陽（神）升上天空
太陽（神）好似升上天空
太陽（神）升上天空時
太陽（神）正升上天空

※ 可解釋為上述意思。

wbn〈屋班／威班〉
上升

iw R m pt 太陽（神）高掛天空

iw（英語的 is、are）

ḏd s pn
這位男性說

ḏd st tn
這位女性說

ḏd·i
我說

ḏd·f
他說

ḏd·n·f
他說過

ḏd
說話

pn 這個　　*pw* 這個

tn 這個　　*tw* 這個

※「這個」
當這個指示代名詞放在男性形態的名詞後方時讀作 *pn*〈偏〉，放在女性形態的名詞後方時讀作 *tn*〈添〉，參照左圖。此外還有 *pw*〈普烏〉（男性形態）、*tw*〈圖烏〉（女性形態）的表現方式。

※ 過去式
像左圖以「做過～」來表達過去式時，動詞後要加上 ～～～ 的符號。

● **王名表**　塞提一世與王子拉美西斯（拉美西斯二世）前方，記載著從最初統一埃及全國的美尼斯到塞提一世等歷史上的重要國王名字。金字塔時代的代表性人物斯尼夫魯、古夫，以及將勢力擴大至海外的圖特摩斯三世，這些國王的名字皆刻於上方。國王讓自己的名字和這些著名國王並列，藉以誇示自己的偉大。正因如此，像哈特謝普蘇特女王、阿肯那頓、圖坦卡門這些在當時未受到正式認可或視為異端分子的國王名字，也就不會出現在上面了。

約西元前 1200 年，塞提一世神廟（阿拜多斯）

法老擁有 5 種稱號與名字

　　如同商博良解讀象形文字的契機，從埃及象形文字的壁畫當中，我們不難找出橢圓框圍起來的王名。本書也會列舉幾個橢圓框圍起來的名字，在此之前先簡單介紹一下國王的名字。

　　從政治、宗教上的立場來看，統一全國的國王，為了確立地位，因此會替自己冠上 5 種稱號，這些稱號並非從統一全國的首任國王就開始使用，而是經過時代變遷逐漸累加而成。

〔荷魯斯名〕

　　從王朝時代初期，到建造金字塔盛極一時的古王國時期第 4 王朝這段期間，荷魯斯名曾被視為是最重要的名字，總是出現在代表古代王宮外觀的方框內。由於方框上佇留一隻老鷹形象的荷魯斯神，象徵守護王權，因此以此標示的王名又稱**荷魯斯名**，而這個王宮形狀的方框則被稱為**王名框（serekh，塞拉赫）**。

　　荷魯斯神為最初統一埃及全國的國王所信奉的神祇，因此國王神化自身形象時，便將自己的地位高舉至與荷魯斯神相當。

【左】荷魯斯名　新王國時期第 18 王朝，哈特謝普蘇特女王的荷魯斯名〈維斯拉特・卡烏〉（卡烏為埃及一位神祇）。
約西元前 1990 年，卡納克神廟（路克索）

【右】佇足在王宮上的荷魯斯神　壁畫表現出古代宮殿的外觀，王名方框不免令人聯想到宮殿的中庭。
西元前約 1290 年，塞提一世神廟（阿拜多斯）

〔**雙女神名**〕

王名和守護上埃及、以禿鷲形象呈現的奈赫貝特女神，以及守護下埃及、以眼鏡蛇形象呈現的瓦吉特女神寫在一起，用來象徵上下埃及兩國統一。

這個名字也和荷魯斯名一樣，自古以來就受到使用。埃及沿著尼羅河，分為土地細長的上埃及（尼羅河谷地區）與下埃及（河口附近的三角洲地區），兩地不僅生活環境不同，文化、生活模式也天差地遠，在古埃及人的內心中早已將兩地視為不同區域。國王統一這兩大地區時，集合兩地廣受信仰的神祇，將神名作為國王的稱號，以象徵宗教面也完成了國家統一。

〔**上下埃及王名＝即位名**〕

在上埃及靠近尼羅河的平地中，蘆葦、薹草等植物非常醒目，這些植物在古代更為茂盛，堪稱是當地的風土象徵。

反過來看，下埃及為何是以蜜蜂為象徵呢？

包圍王名的橢圓框——象形繭

包圍上下埃及王名及太陽神拉之子名的橢圓框，一般稱之為「象形繭」（cartouche），這個名源源自法語，為子彈彈殼的意思。拿破崙在18世紀末遠征埃及時，看到這個刻有王名的圓框，由於形狀和子彈彈殼極為相似，故以此命名。

古埃及人將象形繭稱為繩環，並視為永恆的象徵。這是因為圓環沒有斷點，看似無窮無盡，因此在壁畫及雕像等處都能看到這個符號的影子。

事實上，下埃及的尼羅河三角洲地區屬於一片青綠肥沃之地，在王朝統一之前，當地人便有食用蜂蜜的習慣，更在國家統一後開始飼養蜜蜂。將蜜蜂作為下埃及的象徵，可見蜜蜂在埃及人心目中的地位有多重要了。

上下埃及王名是利用象形繭圍起的名字之一，從金字塔開始建造的古王國時代初期便開始採用。

不若荷魯斯名、雙女神名具有強烈的宗教色彩，上下埃及王名特別強調土地、區域、國家的統一，這個名字可視為國王為了促進埃及這個國家繁榮昌盛，向人民展現出來的意志。

此外，上下埃及王名一般也稱為「即位名」。

〔黃金荷魯斯名〕

這個王名如右圖所示，讀作 ḥr nbw〈赫魯・涅布〉，它是由荷魯斯（老鷹）與兩個符號組合而成。

是黃金及寶石一片片拼接而成的胸飾符號，讀作 nbw〈涅布〉，時常用來表示「黃金」，壁畫上常以神祇坐在此黃金象形文字上的圖案呈現。黃金的耀眼光芒永不衰減，因此埃及人便將它和「永恆」連結在一起。

國王藉由化身為荷魯斯神，以期王權能長久維持下去。這個名字最早是從早王朝時期開始出現。

〔太陽神拉之子名＝誕生名〕

太陽神拉之子，sꜣ rꜥ 是從右圖的文字簡化而來。

這個名字常和上下埃及王名成對出現在象形繭中，是在大金字塔建造完成之後才開始受到使用，時間約為古王國時期第 6 王朝，是 5 個王名

中最晚使用的名字。

奇怪的是，之前以荷魯斯神自居的國王，為何又必須加上這個「太陽神拉之子」的名字呢？

在大金字塔建造工程如火如荼展開的期間，百姓的身心全奉獻給國王，並深信國王即為神；然而不久之後，金字塔的勞役開始對埃及人的生活造成負擔，使得身為荷魯斯神的國王權力也日益衰退。

太陽自古以來就是廣施恩澤於人類與大地的自然之神，國王利用太陽神拉在宗教上的影響力，透過為拉神建設太陽、使用「太陽神拉之子」稱號等方式，來鞏固自己的權力。其後拉神更以化為老鷹的荷魯斯神頭頂太陽圓盤的形象呈現，使荷魯斯神與拉神之間的關係變得更加緊密。

● 紐塞拉的太陽神廟
圖中央的坍塌部分是名為頂角錐（pyramidion）的石材，前方則是擺放供品的石器。
約西元前 2450 年，Al Ghurab

主要的法老名字與周邊文字

šwyt
羽扇

ꜥnḫ
生存
生命

tpḥt
洞窟

Srḳt
蠍子

• 左塞爾王階梯金字塔地下走廊的牆上神龕

階梯金字塔為包含塞德節（王位更新祭）設施的複合式建築，在地下走廊的牆壁神龕上也呈現國王觀賞塞德節的情景，這個浮雕就是其中之一。國王頭戴象徵上埃及的白冠，王名刻在上方，背後刻有護身符的文字。有趣的是，象徵「生命」的安卡符號手持羽扇，可能是用來表示向國王送出「生命氣息」的意思。

兩個洞窟為關係到上、下埃及重生復活的宗教聖地，守護神塞爾凱特由象徵權力的瓦思權杖（*was*）所支撐。

約西元前 2620 年，印和闐博物館

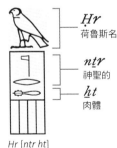

Hr
荷魯斯名

ntr
神聖的

ḥt
肉體

Hr [ntr ḥt]

我們一般常說的「左塞爾」王名如右所示。

ḏsr

pr-wr
象徵上埃及的祠堂

pr-nw
象徵下埃及的祠堂

w3s
統治、權力

雖然壁畫上只有呈現 *pr-wr*，但這個符號通常都會和 *pr-nr* 成對出現。這兩種祀堂會與各種陪葬品圖案一起供奉於基室當中。

* **左塞爾王雕像的臺座**　國王腳踏的九張弓，弓弦均綁在中央無法使用，藉以象徵與埃及敵對的異民族。雖然譯為「九弓之民」，卻代表所有的異民族；臺座前方還有翅膀折斷的小辮鴴圖案，象徵一般國民。換言之，這座雕像表現出百姓與異國受國王統治的形象。上面刻有負責建造這座人類史上最古老的石造建築——階梯金字塔的大臣印和闐之名。
約西元前 2620 年，印何闐博物館

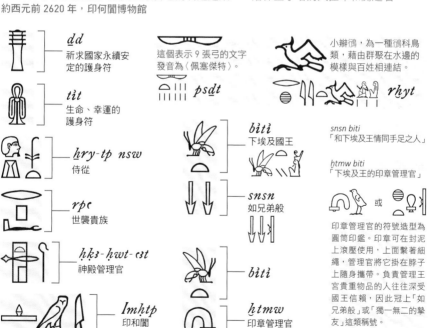

_ḏd_
祈求國家永續安定的護身符

tit
生命、幸運的護身符

ḥry-tp nsw
侍從

rpꜥ
世襲貴族

ḥkꜣ-ḥwt-ꜥꜣt
神殿管理官

Imḥtp
印和闐

這個表示 9 張弓的文字發音為〈佩塞傑特〉。

psḏt

biti
下埃及國王

snsn
如兄弟般

biti

ḥtmw
印章管理官

小辮鴴，為一種鴴科鳥類，藉由群聚在水邊的模樣與百姓相連結。

rhyt

snsn biti
「和下埃及王情同手足之人」

ḥtmw biti
「下埃及王的印章管理官」

或

印章管理官的符號造型為圓筒印鑑。印章可在封泥上滾壓使用，上面繫著細繩，管理官將它掛在脖子上隨身攜帶。負責管理王宮貴重物品的人往往深受國王信賴，因此冠上「如兄弟般」或「獨一無二的摯友」這類稱號。

斯尼夫魯
「美麗（好）（之人）」

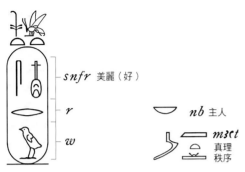

snfr 美麗（好）

r

w

nb 主人

mȝˁt
真理
秩序

▶ **斯尼夫魯王的石碑**　老鷹形象的荷魯斯神所守護的王名框內，寫有荷魯斯名、雙女神名、黃金荷魯斯名「*nb mȝˁt*」（真理的主人）、上下埃及王名「斯尼夫魯」，一般認為這是在代赫舒爾的曲折金字塔陵廟內製作。
約西元前 2600 年，埃及博物館（開羅）

▲**曲折金字塔**，▶**紅色金字塔**
斯尼夫魯完成第一個四角錐形的金字塔「美杜姆金字塔」（Pyramid of Medium）後，接著在代赫舒爾建造「曲折金字塔」與「紅色金字塔」。
曲折金字塔在建造途中改變角度的原因仍不得而知。左（南）方的小型金字塔東邊有一處陵廟遺跡，底邊長度約 189m、高度約 105m。紅色金字塔之名是根據外觀的石頭顏色而來，底邊和兒子古夫所建造的古夫金字塔同為 220m，高度則約 104m。這位國王留下多個巨大金字塔的原因，至今也是一個未解之謎。
約西元前 2500 年，代赫舒爾

• **哈索爾神廟遺跡**　斯尼夫魯王在位期間，為了挖掘銅礦，埃及曾向這片位於西奈半島中央的區域派遣大規模遠征隊，至今仍留有相關紀錄。此處過去是王朝時期最重要的礦山之一，奉哈索爾女神為守護神，歷代國王都在這裡建造石碑，舉行祈禱、感謝儀式，因此大量石碑林立，也能挖掘出哈索爾女神的部分雕像。這裡同時是優質綠松石的產地，可用來製成裝飾品。當地的遊牧民族將埃及人使用的文字帶往巴勒斯坦地區，不久之後，字母系統便逐漸傳播開來，得到廣泛運用。
Serabit El Khadim

古夫
「他是守護（者）」

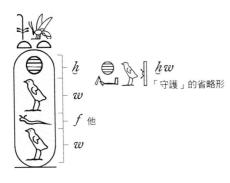

h
w
f 他
w

hw 「守護」的省略形

卡夫拉
「他和拉神（一樣）現身在大家面前」

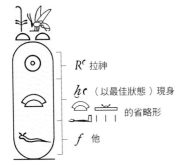

R^c 拉神

h^c （以最佳狀態）現身

的省略形

f 他

「拉」的文字之所以擺在最前面，是為了向太陽神拉表達敬意（參照 P24）。

孟卡拉
「確立拉神的卡（靈魂）」

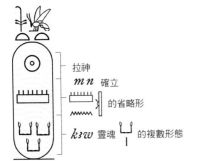

拉神

mn 確立

的省略形

$k3w$ 靈魂　的複數形態

▶ **古夫王雕像**
高度約 7.5 cm的小型雕像，從上埃及的阿拜多斯出土，製造年分不明。埃及博物館（開羅）

▼ **卡夫拉金字塔與走道旁的人面獅身像**
吉薩的金字塔群一帶被視為是太陽信仰聖地，有一說認為人面獅身像是此聖域的守護神。
約西元前 2550 年，吉薩

▲ 吉薩三大金字塔

由右至左，依序為古夫、卡夫拉、孟卡拉金字塔。

卡夫拉雕像 ▶

這個幾近等身高的雕像，頭部後方呈現老鷹形象、象徵守護王權的荷魯斯神，為卡夫拉金字塔河岸神廟內的雕像之一。
約西元前 2450 年，埃及博物館（開羅）

◀ 孟卡拉與雙女神像

高約 92.5 cm，據說是供奉於金字塔神廟內的雕像。國王右側是頭頂母牛角與大陽圓盤圖案的哈索爾女神，左側則站著以胡狼為象徵的地域女神，兩位女神從身後環抱國王。
約西元前 2400 年，埃及博物館（開羅）

▼ 辛努塞爾特一世雕像
頭戴象徵上、下埃及國王的雙重王冠。
這個時期的法老雕像，特色是強調個性
化。使用亞斯文產的紅色花岡岩製作。
約西元前 1990 年，路克索美術館

▲ 太陽信仰聖地赫里奧波里斯
現為開羅機場附近的住宅區，只剩下中王國時期
第 12 王朝的辛努塞爾特一世方尖碑，以及少數
建築物的碎片。約西元前 1990 年

▶ 白色祠堂
後方也有一座階梯，為左
右對稱的構造，可能是與
塞德節（王位更新祭）儀
式有關的設施。內部中央
有一張方形石製臺座，是
用來安置船型神輿之處。
柱子及外牆上刻著密密麻
麻的精緻象形文字，以及
國王、神祇浮雕。
約西元前 1990 年，卡納克
神廟野外博物館（路克索）

70

• 白色祠堂內的浮雕

刻有辛努塞爾特一世的荷魯斯名與上下埃及王名。左方頭戴兩根長羽毛髮箍的是阿蒙·拉神，他以象徵權力的瓦思權杖，賜予王權的守護神荷魯斯生命（安卡）。

約西元前 1990 年，
卡納克神廟野外博物館
（路克索）

ḫpr k3 rꜥ
「拉神的靈魂現身」

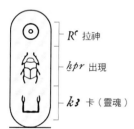

$R^ꜥ$ 拉神

ḫpr 出現

k3 卡（靈魂）

ꜥnḫ mswt
「生存於誕生」

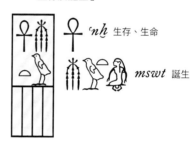

ꜥnḫ 生存、生命

mswt 誕生

---

k3 k3w rꜥ
「拉神的靈魂現身」

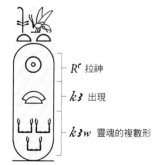

$R^ꜥ$ 拉神

k3 出現

k3w 靈魂的複數形

s n wsrt 辛努塞爾特（三世）
「信奉瓦塞特女神的男性」

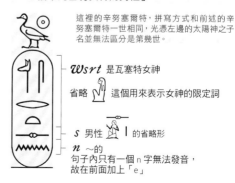

這裡的辛努塞爾特，拼寫方式和前述的辛努塞爾特一世相同，光憑左邊的太陽神之子名並無法區分是第幾世。

Wsrt 是瓦塞特女神

省略 🖐 這個用來表示女神的限定詞

s 男性 的省略形

n ～的
句子內只有一個 n 字無法發音，
故在前面加上「e」

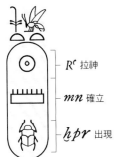

mn ḫpr rꜥ
「確立拉神的出現」

R꜀ 拉神 — mn 確立

mn 確立

ḫpr 出現

Ḏftyms 傑夫提美斯（三世）
「托特神的誕生，（其）身影令人驚嘆」

俗稱：圖特摩斯三世

Ḏfty 托特神

ms 誕生

nfr 好、令人驚嘆
ḫpr 出現

● **阿瑪達神殿及其浮雕**

由圖特摩斯三世所興建，在拉美西斯二世以前，不斷進行增修改建，此為遭到納賽爾湖淹沒後搶救回來的遺跡之一。左圖壁畫為圖特摩斯三世正要膜拜太陽神拉（拉‧哈拉胡提）的景象。

約西元前 1450 年，納賽爾湖沿岸

圖特摩斯三世的王名紀錄

由上而下，依序為荷魯斯名、上下埃及王名、太陽神拉之子名
約西元前 1400 年，哈特謝普蘇特女王靈殿（路克索）

① 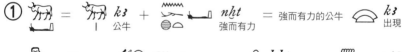 公牛 $k3$ ＋ 強而有力 nht ＝ 強而有力的公牛　出現 $k3$

在～ m　　路克索（底比斯）$W3st$　　統治者 $hk3$　　歡喜 $3wt\ ib$

② 阿蒙・拉神 $Imn\ R^c$　　喜愛 mri　　這裡是由「阿蒙・拉神」、「喜愛」等單字組成，倘若無主詞阿蒙・拉神的話，「喜愛」就會位於句子前方。改變單字的順序，是一種向神祇表示敬意的表達方式。

③ 獲賜生命之人 $di\ {}^cnh$　　由 di「賜予」和 ${}^cnh$「生命」組成的慣用句，代表生命是神所授予，也能視情況解釋為祝禱詞「活下去！」的意思。

永遠 dt　　dt 永遠這個單字時常會出現在王名後方，這句話可以解釋為「被賜予永恆生命之人」、「永遠生存下去」。

① 活下去，荷魯斯（現身在底比斯的強壯公牛，為掌控歡喜之人。
② 活下去，上下埃及國王，確立阿神的出現受到阿蒙神喜愛之人。
③ 活下去，太陽神拉之子，圖特摩斯，其身影令人驚嘆，被賜予永恆生命之人。

73

Mȝt kȝ rʿ

「拉神的靈魂為真理」

ḥȝt špswt・ḥnmt Imn

「最高貴的女士，和阿蒙神結合之人」

俗稱：哈特謝普蘇特

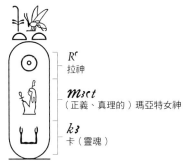

Rʿ
拉神

mȝʿt
（正義、真理的）瑪亞特女神

kȝ
卡（靈魂）

Imn 阿蒙神

ḥnmt 受到～結合，
的省略形

ḥȝt ～之中最好的，
的省略形

špswt 貴婦，
的省略形

◀ **代爾艾爾 - 拜赫里**

這座背靠斷崖、由三層露臺組成的建築物，就是哈特謝普蘇特女王的靈殿，旁邊為中王國時期第12王朝的曼圖霍特普二世之墓，一同建造的靈殿則作為哈特謝普蘇特女王的參考範本。翻過背後的斷崖就可以看見新王國時期建立的「帝王谷」。新王國時期為了防止盜墓，因此將設施分為墳墓與靈殿。

▶ ▼ **哈特謝普蘇特女王的紅色祀堂及其浮雕** 為了供奉卡納克神廟的阿蒙神而興建。約西元前 1470 年，卡納克神廟野外博物館（路克索）

nb mȝˁt rˁ
「拉神、真理的主人」

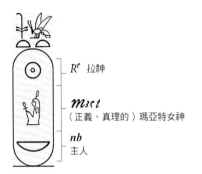

Rˁ 拉神

mȝˁt
（正義、真理的）瑪亞特女神

nb
主人

Imn htp 阿蒙霍特普三世
「滿足阿蒙神，底比斯的統治者」

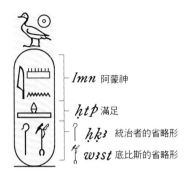

Imn 阿蒙神

htp 滿足

ḥḳȝ 統治者的省略形

wȝst 底比斯的省略形

▶ 阿蒙普三世
霍特的雕像
1989 年於路克
索神廟中庭的
地下挖掘
出土。
約西元前
1350 年，
路克索
美術館

阿頓神及其名字

阿肯那頓王所進行的宗教改革，是將原本奉阿蒙‧拉神為最
高位神祇的多神崇拜，改為只信奉阿頓神的一神教，因此以
頌讚之詞表達對阿頓神的崇拜。次頁圖中可見以下讚詞，充
分顯示出由阿頓神取代自古以來全國供奉的拉神，藉以展現
國王的堅強意志。

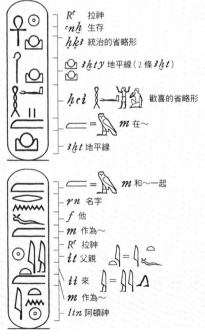

Rˁ 拉神
ˁnḫ 生存
ḥḳȝ 統治的省略形
ȝḫty 地平線（2 條 ȝḫt）
ḥˁi 歡喜的省略形
m 在～
ȝḫt 地平線

m 和～一起
rn 名字
f 他
m 作為～
Rˁ 拉神
it 父親
ii 來
m 作為～
Itn 阿頓神

76

nfr ḫprw rꜥ wꜥ n rꜥ
「拉神形象優美、拉神代表一切」

ꜣḫ n itn
「阿頓神的榮譽」

俗稱：阿肯那頓

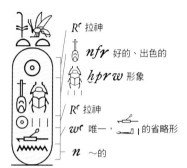

Rꜥ 拉神
nfr 好的、出色的
ḫprw 形象
Rꜥ 拉神
wꜥ 唯一、〜的省略形
n 〜的

itn 阿頓神
ꜣḫ 光榮的
〜的省略形
n 〜的

〔左頁上方的阿頓名〕
Rꜥ ꜥnḫ ḥkꜣ ꜣḫty ḥꜥi m ꜣḫt
「於地平線歡喜誕生的太陽神，為兩條地平線的統治者」

〔左頁下方的阿頓名〕
m rn f m it Rꜥ ii m Itn
「以阿頓（太陽圓盤）身分前來的父親拉，以祂之名」

▶ **感謝阿頓神恩惠的阿肯那頓王與王后娜芙蒂蒂**
在阿肯那頓王的宗教改革之下，當時的美術風格也自成一格，例如阿頓神之名位列王名之上。
上方的太陽圓盤象徵阿頓神，以手臂代表映照下來的光線，將象徵生命的安卡遞向國王和王后面前。
約西元前 1330 年，埃及博物館（開羅）

ḏsr ḫprw Rꜥ · stp n Rꜥ
「拉神神聖的形象，拉神選中之人」

Ḥr m ḥb · mri n imn　霍朗赫布「受到祝祭的
下埃及王荷魯斯神、阿蒙神喜愛之人」

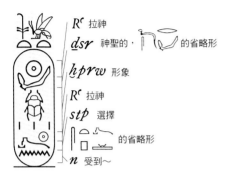

Rꜥ 拉神
ḏsr 神聖的，　　　的省略形
ḫprw 形象
Rꜥ 拉神
stp 選擇
　　　的省略形
n 受到～

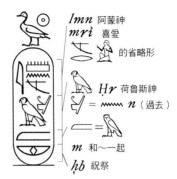

Imn 阿蒙神
mri 喜愛
　　　的省略形
Ḥr 荷魯斯神
＝ ～～～ n（過去）
m 和～一起
ḥb 祝祭

讚美死者的稱呼

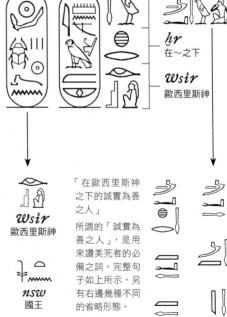

mꜣꜥ-ḫrw
誠實為善之人

ḥr
在～之下

wsir
歐西里斯神

wsir
歐西里斯神

nsw
國王

「在歐西里斯神
之下的誠實為善
之人」
所謂的「誠實為
善之人」，是用
來讚美死者的必
備之詞。完整句
子如上所示，另
有右邊幾種不同
的省略形態。

• **霍朗赫布的陵墓壁畫**
約西元前 1330 年，帝王谷（路克索）

mn mȝˁt Rˁ
「確立拉神的真理」

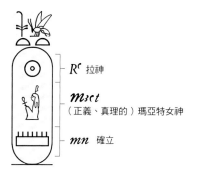

- *Rˁ* 拉神
- *mȝˁt*
  （正義、真理的）瑪亞特女神
- *mn* 確立

Sty·mri n Ptḥ　賽提一世
「與賽特神同在之人，受卜塔神喜愛之人」

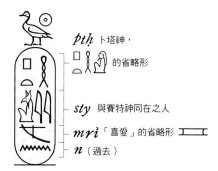

- *ptḥ* 卜塔神，
  的省略形
- *sty* 與賽特神同在之人
- *mri*「喜愛」的省略形
- *n*（過去）

塞提一世的太陽神拉之子名的其他表現方式

提耶特為取代賽特神符號的護身符之一，此符號時常受到使用。

tit

▶ **化身歐西里斯神形象的國王與荷魯斯神**
荷魯斯神手持垂掛著安卡（生命）、瓦思（權力）權杖，正將裝滿安卡的淨水倒給歐西里斯。
約西元前 1200 年，塞提一世神殿（阿拜多斯）

wsr mȝʿt Rʿ・stp n Rʿ
「拉神的真理強而有力、拉神選中之人」

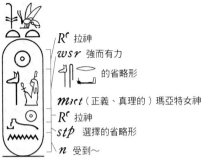

R^c 拉神
wsr 強而有力
 的省略形
$mȝʿt$（正義、真理的）瑪亞特女神
R^c 拉神
stp 選擇的省略形
n 受到～

Rʿ ms sw・mri Imn 拉美西斯（二世）
「拉神生下他、阿蒙神所喜愛」

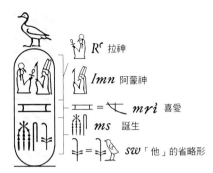

R^c 拉神
Imn 阿蒙神
mri 喜愛
ms 誕生
sw「他」的省略形

• **阿布辛貝神廟**　由於亞斯文高壩的興建，阿布辛貝神廟於 1964～1968 年期間展開遷建
工程，往上遷移 60m。右頁照片中的文字雕刻，即位於神廟正面的國王雕像臺座上。
約西元前 1290 年，阿布辛貝

請注意這裡的「wsr mʒˁt」、「Rˁ ms sw」和上頁的文字有所不同，縱使在同一個國王的相同建築物內，也能看見文字的多種變化。

wsr mʒˁt Rˁ stp n Rˁ
太陽神拉之子名

Rˁ ms sw • mri Imn
上下埃及王名

荷魯斯名

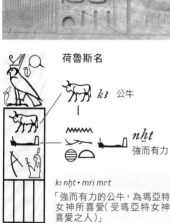

kʒ 公牛

nḫt 強而有力

kʒ nḫt • mri mʒˁt
「強而有力的公牛，為瑪亞特女神所喜愛（受瑪亞特女神喜愛之人）」

雙女神名

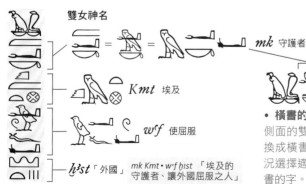

= = mk 守護者

Kmt 埃及

wˁf 使屈服

ḫʒst 「外國」　mk Kmt • wˁf ḫʒst　「埃及的守護者、讓外國屈服之人」

• **橫書的雙女神名範例**　國王雕像側面的雙女神名，特別將貓頭鷹替換成橫書符號，可見書寫時會視情況選擇適合直書或橫書的字。

 =

wsr m3't R' • mri Imn
「拉神的真理強而有力、阿蒙神所喜愛」

R' ms sw • ḥḳ3 iwnw 拉美西斯（三世）
「拉神生下他、赫里奧波里斯的統治者」

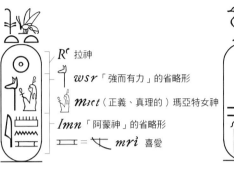

R' 拉神
wsr 「強而有力」的省略形
$m3'$t（正義、真理的）瑪亞特女神
Imn 「阿蒙神」的省略形
= mri 喜愛

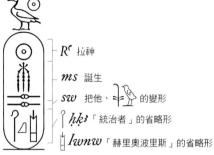

R' 拉神
ms 誕生
sw 把他，的變形
$ḥḳ3$ 「統治者」的省略形
$Iwnw$ 「赫里奧波里斯」的省略形

82

• **梅迪涅特哈布神廟（拉
美西斯三世的靈殿）**
〔左上〕有翼太陽與拉美
西斯三世王名
〔左下〕從上空俯瞰神廟境
內，四周有利用土坯磚建
造的王宮及倉庫群。
〔右〕神廟第 2 中庭的部分
列柱廊
約西元前 1170 年，路克索

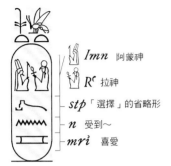

Imn 阿蒙神

R‘ 拉神

stp「選擇」的省略形

n 受到～

mri 喜愛

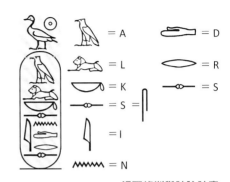

= A

= L

= K

= S

= I

= N

= D

= R

= S

‧ 錫瓦綠洲與神諭神廟
據說亞歷山大大帝統治
埃及時，曾在錫瓦綠洲
的阿蒙神廟得到神諭指
引，而當時的神諭神廟
就位於綠洲的椰棗林
內，看似一座林中的浮
島。西元前 4 世紀

**• 亞歷山大大帝（左）與
阿蒙神（右）**

亞歷山大大帝雖出身馬
其頓，神廟內卻是以埃
及國王的形象及象形文
字的名字來呈現。

約西元前 332 年，路克索
上：神廟，下：卡納克神廟

Ptolmys 托勒密十四世
「好戰之人」（希臘語之意）

□	= P
	= T
	= O
	= L
	= M =
	= Y
	= S

※「托勒密」的文字，時常在直書、橫書中替換。

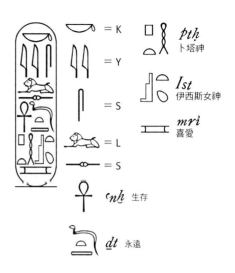

Kysls 凱撒里昂
「永生者，卜塔神、伊西斯女神所喜愛」

	= K
	= Y
	= S
	= L
	= S

pth 卜塔神

Ist 伊西斯女神

mri 喜愛

ʿnḥ 生存

ḏt 永遠

• 丹達拉的哈索爾神廟

主掌豐饒的哈索爾女神，其神廟背後仍保留埃及最後一位國王，也就是克里歐佩特拉女王，以及她和凱撒所生的兒子凱撒里昂，兩人於眾神面前進行儀式的場景。約西元前 35 年

Kleopatra
「父親的榮譽
（希臘語之意）」

⌐ = K

🦁 = L

𝄞 = I（E）

𓇳 = O

□ = P

🦅 = A

⬯ = D（T）

⬯ = R

🦅 = A

○ ⌒ =（兩個符號
皆代表女性）

第**4**章
試著閱讀
象形文字吧

海特裴莉斯王后的轎子

海特裴莉斯為斯尼夫魯王之妻、古夫王之母，這個轎子是在吉薩古夫金字塔附近仍未遭到盜挖的陵墓中發現，照片中的是復原品。
約西元前 2550 年，埃及博物館（開羅）

s 她	*irt* 要做～為了～ *n*	*ḏdt ḫt nb* 所有話語	*ḫrpt sšmti šnḏt* 金合歡之家的管理者	*ḫtw Ḥr* 荷魯斯神的信奉者	*mwt nsw-bit* 上下埃及國王之母

mwt nsw-bit ḫtw Ḥr ḫrpt ḏdt ḫt nb irt s sꜣt nṯr nt ḫt f Ḥtpṯḥrs

「上下埃及國王之母、荷魯斯神的信奉者、金合歡之家（後宮）的管理者、所有話語皆是為了她進行（實現）。神真正的女兒、海特裴莉斯」

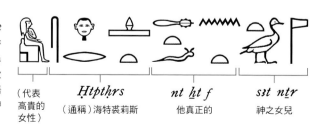

（代表高貴的女性）	*Ḥtpṯḥrs* （通稱）海特裴莉斯	*nt ḫt f* 他真正的	*sꜣt nṯr* 神之女兒

大臣緹的雕像

• **大臣緹的墓室與雕像**

這座墓室內留有許多當時埃及人生活樣貌的浮雕。下圖的浮雕為沼澤地狩獵河馬的場景，右圖是墓室內所發現、接近成人大小的雕像。

約西元前 2400 年，薩卡拉；雕像：埃及博物館（開羅）

smr wᶜty
獨一無二的摯友

imȝḥw
受人敬重的老友

※ smr wᶜty「獨一無二的老友」、imȝḥw「受人敬重的老友」這類表現方式，常見於薩卡拉或吉薩等地的古王國時期貴族墓室，以及雕像上的個人名字前後。

刻在右圖雕像臺座上的象形文字

Ty（通稱）緹

帝王谷，圖坦卡門的墓室壁畫

帝王谷與圖坦卡門陵墓 ▶

進入新王國時期之後，國王開始將陵墓建造於帝王谷內，目前共計有 60 座以上的墳墓，包含 24 座國王陵墓。其中圖坦卡門陵墓在 1922 年發現時，仍保持相當完整，這個世紀大發現一時間蔚為全球話題。

圖坦卡門在埃及歷史上被視為異端，相關紀錄被抹消，沒有留下任何記載，或許這就是未遭盜墓賊光顧的主因之一吧。

約西元前 1350 年，路克索

- **圖坦卡門陵墓的壁畫與墓室**

圖坦卡門的木乃伊藏於其陵墓
的黃金棺木內，我們可以在墓
室內一睹棺木及壁畫樣貌。壁
畫繪製死去的國王被製成木乃
伊，運至陵墓舉行儀式，而後
於來世復活的景象；以及拉神
航行冥界，主掌冥界12小時的
埃及狒狒引導太陽船前行，而
西方墓地的主人阿蒙泰特女神
（哈索爾女神）現身迎接國王等

情景。上圖壁畫中，上方繪有
一條長長的 *pt* 符號（天），可視為用來區分場景的記號。

上圖：Photo © Araldo de Luca；下圖：埃及大使館，埃及觀光局

圖坦卡門的墓室壁畫 -1

- **阿伊王為圖坦卡門的木乃伊進行開口儀式**

圖坦卡門死去後，用白布（繃帶）纏繞成木乃伊，祭司在開口儀式中用手斧割開木乃伊的嘴巴，希望藉此讓死者得以在來世飲食和說話。阿伊雖為祭司，後來卻成為圖坦卡門的繼承人。

Photo© Araldo de Luca

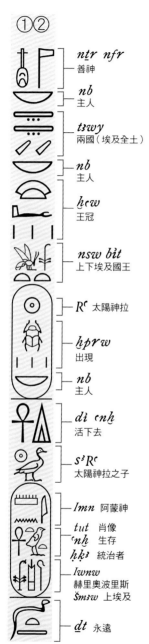

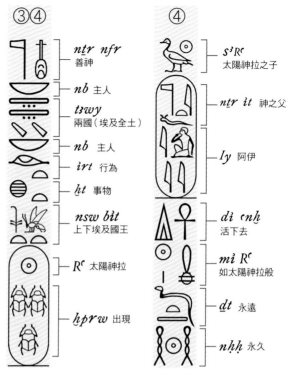

①②

nṯr nfr 善神
nb 主人
tꜣwy 兩國（埃及全土）
nb 主人
ḥꜥw 王冠
nsw bit 上下埃及國王
Rꜥ 太陽神拉
ḫprw 出現
nb 主人
di ꜥnḫ 活下去
sꜣRꜥ 太陽神拉之子
Imn 阿蒙神
tut 肖像
ꜥnḫ 生存
ḥkꜣ 統治者
Iwnw 赫里奧波里斯
Šmꜣw 上埃及
ḏt 永遠

③④

nṯr nfr 善神
nb 主人
tꜣwy 兩國（埃及全土）
nb 主人
irt 行為
ḫt 事物
nsw bit 上下埃及國王
Rꜥ 太陽神拉
ḫprw 出現

④

sꜣRꜥ 太陽神拉之子
nṯr it 神之父
Iy 阿伊
di ꜥnḫ 活下去
mi Rꜥ 如太陽神拉般
ḏt 永遠
nḥḥ 永久

①② 善神，兩國（埃及全土）的主人，王冠的主人，上下埃及王名〔主人拉神現身（*nb ḫprw Rꜥ*）〕，活下去。太陽神拉之子名〔圖坦卡門，上埃及赫里奧波里斯的統治者（*tut ꜥnḫ Imn・ḥkꜣ Iwnw Šmꜣw*）〕。

③④ 善神，兩國（埃及全土）的主人，儀式的主人，上下埃及王名〔拉神現身的姿態（*ḫpr ḫprw Rꜥ*）〕，太陽神拉之子名〔阿伊、神之父〕，活下去，如太陽神般永恆，永久。

• 阿伊陵墓

這座位於帝王谷西方的墓穴原本被誤認為是圖坦卡門之墓，國王的樣貌是以令人聯想到孩童的手法來呈現。

約西元前 1350 年，路克索

圖坦卡門的墓室壁畫 -2

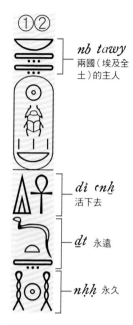

①② nb tawy
兩國（埃及全土）的主人

di ʿnḫ
活下去

ḏt 永遠

nḥḥ 永久

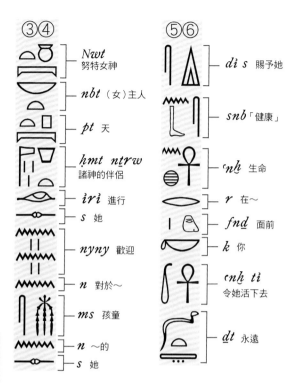

③④ Nwt
努特女神

nbt （女）主人

pt 天

ḥmt nṯrw
諸神的伴侶

iri 進行

s 她

nyny 歡迎

n 對於～

ms 孩童

n ～的

s 她

di s 賜予她

snb「健康」

ʿnḫ 生命

r 在～

fnḏ 面前

k 你

ʿnḫ ti
令她活下去

ḏt 永遠

①② 兩國（埃及全土）的主人
〔主人拉神現身（nb ḫprw Rʿ）〕，
永遠，永久地活下去。

③④ 天的（女）主人、諸神的
伴侶努特女神，歡迎她的孩
子們。

⑤⑥ 她將健康與生命賜予
你，令她永生。

• **迎接圖坦卡門的
努特女神**
主掌天空的努特女神擺出
歡迎圖坦卡門的姿勢。

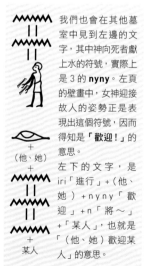

我們也會在其他墓
室中見到左邊的文
字，其中神向死者獻
上水的符號，實際上
是 3 的 **nyny**。左頁
的壁畫中，女神迎接
故人的姿勢正是表
現出這個符號，因而
得知是「**歡迎！**」的
意思。
左下的文字，是
iri「進行」+（他、
她）+ nyny「歡
迎」+ n「將～」
+「某人」，也就是
「（他、她）歡迎某
人」的意思。

+
（他、她）
+
+
+
某人

④的 ms「孩童」這個
單字，只繪出表音符
號，原本應該要像右邊
文字一樣，在後面加上
孩童含著手指的符號。
浮雕、壁畫上的說明文
字，一般根據前後文就
能理解單字的意思，因
此往往會省略不發音
的限定詞，這裡的孩童
符號即是一例。由此看
來，只有文字的古埃及
象形文章中，像這類關
鍵字就不需要特別加上
圖像符號來定義字義了。

圖坦卡門的墓室壁畫 -3

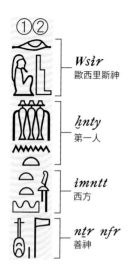

① ②

Wsir
歐西里斯神

ḥnty
第一人

imntt
西方

nṯr nfr
善神

③

nṯr nfr
善神

nb 主人
tawy 兩國
（埃及全土）

nb 主人

ḫ'w 王冠

di 'nḫ
活下去

dt
永遠

nḥḥ 永久

④ ⑤

kꜣ nsw
國王的靈魂卡

ḥnti
～的前面

dbꜣt
石棺

Ḥr 荷魯斯神

kꜣ 公牛

nḫt 強而有力

kꜣ 靈魂

①② 歐西里斯神，西方的第一
人、善神

③ 善神，兩國（埃及全土）的
主人，王冠主人〔主人拉神現
身（*nb ḫprw R'*）〕，永恆、永
久地活下去。

④⑤ 國王的靈魂卡位於石棺
前面。

• **歐西里斯神迎接圖坦卡門**
冥界之王歐西里斯迎接於來世復活的國王。
歐西里斯全身裹著白布，臉上塗著綠黑兩色。綠色為
植物的顏色，黑色則是尼羅河周邊的肥沃土壤顏色，
以每年的收成，作為重生復活、豐饒的象徵。圖坦卡
門身後有一位頭頂國王荷魯斯名及雙臂（*kꜣ*）象形文
字的人物，此為國王靈魂（人格）的形象。

Photo © Araldo de Luca

壁畫中央為為頭戴斑紋頭巾的圖坦卡
門王，站在後方支撐的人物為圖坦
卡門的靈魂，他的左手握著象徵生
命的安卡，頭上的〔*kꜣ nḫt*〕**（強而有
力的公牛）**，是新王國時期的國王喜
歡作為荷魯斯名開頭的文字，兩側
以象徵靈魂的雙臂象形符號包圍。
靈魂卡（*kꜣ*）近似圖坦卡門王的人
格。置於墓穴中的木乃伊，以及仿造
國王肖像製作的雕像，皆被視為死者
的靈魂，都是死者於來世復活時不可
或缺之物。

阿布辛貝大神廟，王座側面的浮雕

• **進行 Sema・Tawy 儀式的哈庇神**　往神廟大殿的入口兩側，有一座拉美西斯二世的巨大雕像，這個浮雕就刻在王座的側面。代表尼羅河恩惠、豐饒的哈庇神，將象徵上埃及的蓮花及象徵下埃及的紙莎草，在象徵「Sema」（統一）象形符號的中央柱子上繫結，以此表達國家統一的概念。

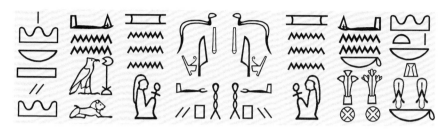

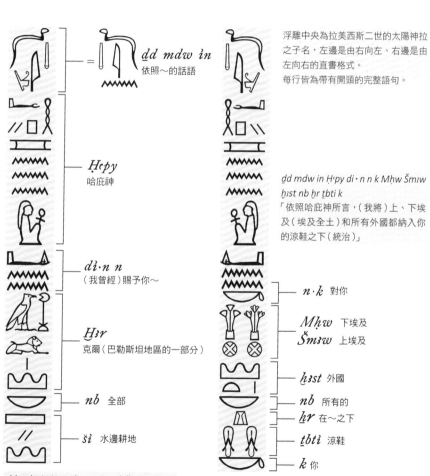

= *ḏd mdw in*
依照～的話語

浮雕中央為拉美西斯二世的太陽神拉之子名，左邊是由右向左、右邊是由左向右的直書格式。
每行皆為帶有開頭的完整語句。

Ḥꜥpy
哈庇神

ḏd mdw in Ḥꜥpy di‧n n k Mḥw Šmꜣw ḫꜣst nb ḫr ṯbti k
「依照哈庇神所言，（我將）上、下埃及（埃及全土）和所有外國都納入你的涼鞋之下（統治）」

di‧n n
（我曾經）賜予你～

n‧k 對你

Mḥw 下埃及
Šmꜣw 上埃及

Ḥꜣr
克爾（巴勒斯坦地區的一部分）

ḫꜣst 外國

nb 全部

nb 所有的

ḫr 在～之下

ši 水邊耕地

ṯbti 涼鞋

k 你

ḏd mdw in Ḥꜥpy di‧n n Ḥꜣr nb ši
「根據哈庇神所言，（我向你）賜予全克爾之地，那是一塊擁有充沛水源的耕地」

阿布辛貝小神廟正面

① ② ③

- **小神廟正面**
此為獻給王后妮菲塔莉（Nefertari）的神廟，中央為化作豐饒女神哈索爾的王后雕像，高度約 10m。

①

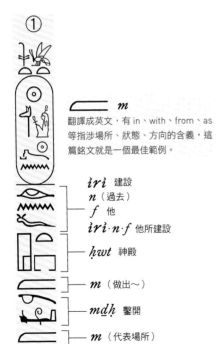

m
翻譯成英文，有 in、with、from、as 等指涉場所、狀態、方向的含義，這篇銘文就是一個最佳範例。

iri 建設
n（過去）
f 他
iri·n·f 他所建設

ḥwt 神殿

m（做出～）

mdḥ 鑿開

m（代表場所）

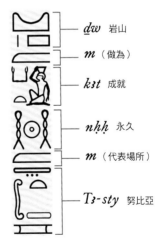

ḏw 岩山

m（做為）

kȝt 成就

nḥḥ 永久

m（代表場所）

Tȝ-sty 努比亞

① 上下埃及國王 *wsr mȝ't R'·stp n R'*（拉神的真理強而有力，拉神選中之人），他在努比亞鑿開岩山興建神廟，其成就永存後世。

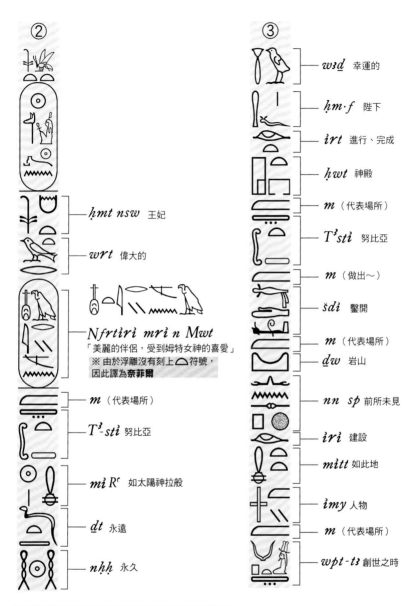

② ② *ḥmt nsw* 王妃

wrt 偉大的

Nfrtiri mri n Mwt
「美麗的伴侶，受到姆特神的喜愛」
※ 由於浮雕沒有刻上⬭符號，
因此譯為**奈菲爾**

m （代表場所）

T³-sti 努比亞

mi Rˁ 如太陽神拉般

ḏt 永遠

nḥḥ 永久

③ ③ *w³ḏ* 幸運的

ḥm·f 陛下

irt 進行、完成

ḥwt 神殿

m （代表場所）

T³sti 努比亞

m （做出～）

šdi 鑿開

m （代表場所）

ḏw 岩山

nn sp 前所未見

iri 建設

mitt 如此地

imy 人物

m （代表場所）

wpt-t³ 創世之時

② 努比亞的上下埃及國王 *wsr m³ˁt Rˁ·stp n Rˁ*（拉神的真理強而有力，拉神選中之人），以及偉大的王妃 *Nfrtiri mri n Mwt*（美麗的伴侶，受到姆特女神的喜愛），就如太陽神拉一般永恆不墜。

③ 幸運的陛下鑿開岩山，於努比亞建造神廟。自創世以來，這項壯舉可說前無古人、後無來者。

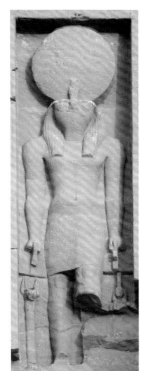

阿布辛貝大神廟的正中央

▼ 位於神廟正中央的拉・哈拉胡提神 坐西朝東的神廟入口正上方，有一座頭頂太陽圓盤、鷹頭人身的太陽神拉（拉・哈拉胡提）雕像。

▲ 拉・哈拉胡提神
雕像位於神廟的中央，日出即沐浴在太陽光芒之下，由此可見太陽神對此神廟的重要性。太陽神的右手持瓦思權杖，左手拿著瑪亞特女神，也就是說，這個雕像代表拉美西斯二世的上下埃及王（ *nsw bit* ）名「 *wsr m3t R* 」（拉神的真理強而有力）與自己本身，堪稱是象形文字的獨特呈現方式。

R 拉神

nht 強而有力

m3t
（正義、真理的）
瑪亞特女神

文字資料篇

埃及象形文字一覽

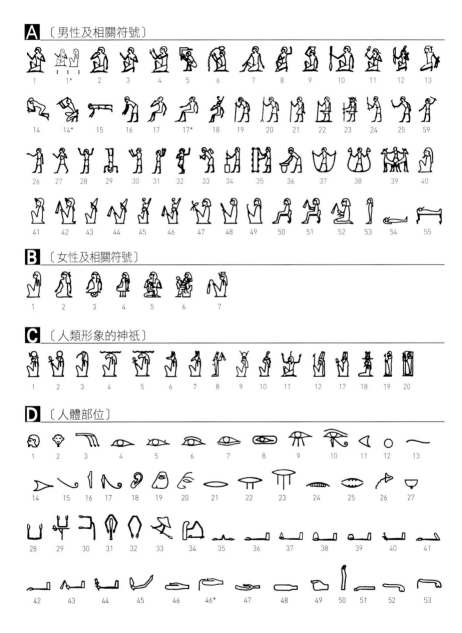

A 〔男性及相關符號〕

1　1*　2　3　4　5　6　7　8　9　10　11　12　13

14　14*　15　16　17　17*　18　19　20　21　22　23　24　25　59

26　27　28　29　30　31　32　33　34　35　36　37　38　39　40

41　42　43　44　45　46　47　48　49　50　51　52　53　54　55

B 〔女性及相關符號〕

1　2　3　4　5　6　7

C 〔人類形象的神祇〕

1　2　3　4　5　6　7　8　9　10　11　12　17　18　19　20

D 〔人體部位〕

1　2　3　4　5　6　7　8　9　10　11　12　13

14　15　16　17　18　19　20　21　22　23　24　25　26　27

28　29　30　31　32　33　34　35　36　37　38　39　40　41

42　43　44　45　46　46*　47　48　49　50　51　52　53

54　55　56　57　58　59　60　61　62　63

E 〔哺乳動物〕

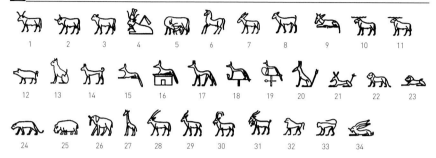

1　2　3　4　5　6　7　8　9　10　11

12　13　14　15　16　17　18　19　20　21　22　23

24　25　26　27　28　29　30　31　32　33　34

F 〔哺乳動物的身體部位〕

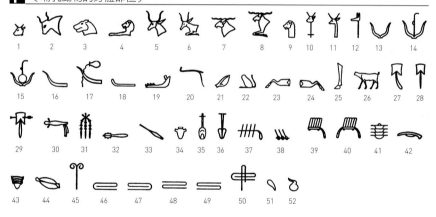

1　2　3　4　5　6　7　8　9　10　11　12　13　14

15　16　17　18　19　20　21　22　23　24　25　26　27　28

29　30　31　32　33　34　35　36　37　38　39　40　41　42

43　44　45　46　47　48　49　50　51　52

G 〔鳥類〕

1　2　3　4　5　6　7　7*　7**　8　9　10

11　12　13　14　15　16　17　18　19　20　21　22

23　24　25　26　26*　27　28　29　30　31　32　33

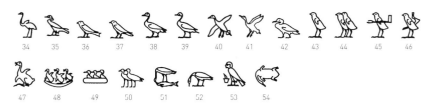

34　35　36　37　38　39　40　41　42　43　44　45　46

47　48　49　50　51　52　53　54

H〔鳥類的身體部位〕

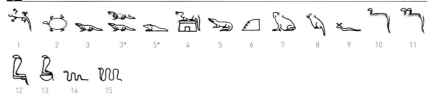

1　2　3　4　5　6　6*　7　8

I〔兩棲類、爬蟲類〕

1　2　3　3*　5*　4　5　6　7　8　9　10　11

12　13　14　15

K〔魚類及身體部位〕

1　2　3　4　5　6　7

L〔昆蟲、無脊椎動物〕

1　2　3　4　5　6　7

M〔植物〕

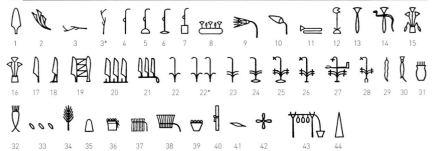

1　2　3　3*　4　5　6　7　8　9　10　11　12　13　14　15

16　17　18　19　20　21　22　22*　23　24　25　26　27　28　29　30　31

32　33　34　35　36　37　38　39　40　41　42　43　44

N 〔天體、大地、水〕

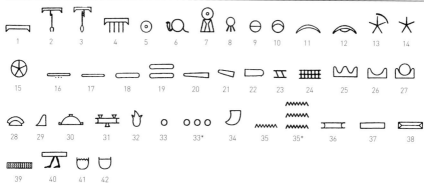

O 〔建築物及相關物件〕

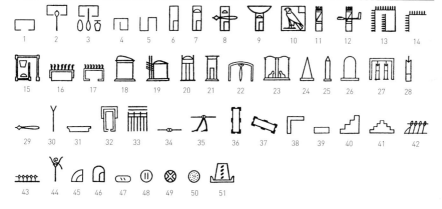

P 〔船及相關物件〕

Q 〔家具、陪葬品〕

R 〔神廟的供品與神聖標誌〕

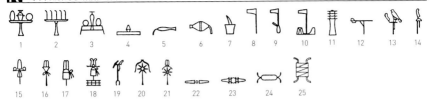

S 〔頭冠、衣裝、手杖〕

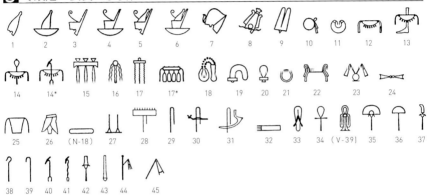

T 〔武器、狩獵工具、肉店工具〕

U 〔農耕工具、手工業工具〕

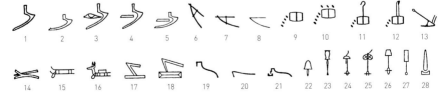

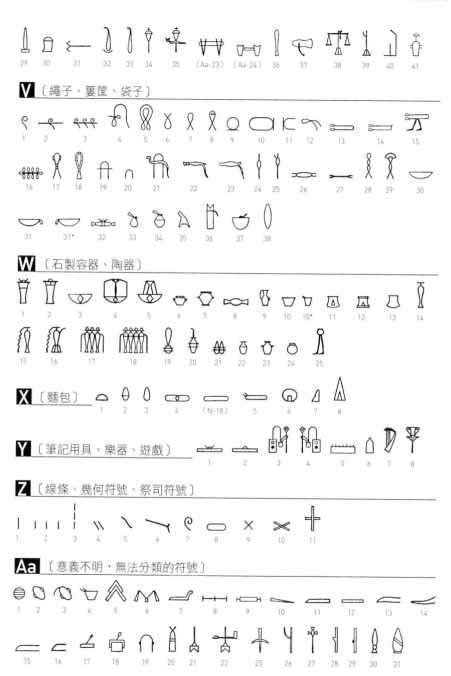

29　30　31　32　33　34　35　（Aa-23）　（Aa-24）　36　37　38　39　40　41

V 〔繩子、簍筐、袋子〕

1　2　3　4　5　6　7　8　9　10　11　12　13　14　15

16　17　18　19　20　21　22　23　24　25　26　27　28　29　30

31　31*　32　33　34　35　36　37　38

W 〔石製容器、陶器〕

1　2　3　4　5　6　7　8　9　10　10*　11　12　13　14

15　16　17　18　19　20　21　22　23　24　25

X 〔麵包〕

1　2　3　4　（N-18）　5　6　7　8

Y 〔筆記用具、樂器、遊戲〕

1　2　3　4　5　6　7　8

Z 〔線條、幾何符號、祭司符號〕

1　2　3　4　5　6　7　8　9　10　11

Aa 〔意義不明，無法分類的符號〕

1　2　3　4　5　6　7　8　9　10　11　12　13　14

15　16　17　18　19　20　21　22　25　26　27　28　29　30　31

A 〔男性及相關符號〕

1. 坐著的男性
〈表形〉「男」*s*〈思〉
〈表形〉「我」*i*〈伊〉
〈限定詞〉 與人相關之事物、身分、職業等
〈限定詞〉 男性名字

1*. 坐著的男女和表示複數的符號組合而成
〈限定詞〉 人們、身分、職業等

2. 用手觸碰嘴巴的男性
〈限定詞〉「吃」、「喝」、「說話」、「思索」、「感覺」等與嘴巴相關的動作。

3. 踮著腳尖跪坐的男性
〈限定詞〉「坐下」「生活」等行動

4. 手臂略彎上舉至眼睛高度，呈坐姿的男性（祈禱姿勢）
〈限定詞〉 祈禱、懇求

5. 躲在牆壁後方的男性
〈限定詞〉 隱藏、遮蔽

6. 坐著祈禱的男性與流出淨水的瓶子
〈表形〉「淨化」、「清潔」*wʿb*〈瓦布〉

7. 筋疲力盡癱坐在地的男性
〈限定詞〉 疲累、軟弱

8. 頌讚神祇的動作
〈限定詞〉 愉快

9. 頭頂簍筐（W-10）的男性
〈限定詞〉 搬運、裝載貨物、工作

10. 手持船槳坐著的男性
〈限定詞〉 出航

11. 手持象徵權力的 aba 權杖（S-42）與握把彎曲的手杖（S-39）的男性
〈表意〉「朋友」*ḥnms*〈喀涅美斯〉

12. 手持弓箭與箭筒的士兵
〈表形〉〈限定詞〉「軍隊」*mšʿ*〈美夏〉
〈限定詞〉 士兵

13. 雙手捆綁於後方，踮著腳尖跪坐的男性
〈限定詞〉 敵人、叛徒

14. 頭上流血倒地不起的男性
〈限定詞〉 死亡、敵人

14*. A-14 的其他形態

15. 倒地不起的男性
〈表形〉〈限定詞〉「倒下」*ḫr*〈喀爾〉

16. 彎腰的男性（對身分地位比自己高的人打招呼的一種方式）
〈限定詞〉 鞠躬

17. 坐著吸吮手指的孩童
〈表形〉〈限定詞〉「孩童」*ḫrd*〈喀雷德〉
〈限定詞〉 年輕
〈表音〉 *nni*〈涅尼〉

17*. 坐著雙手下垂的孩童
在僧侶體中用來取代 A-3、A-17

18. 頭戴下埃及王冠，吸吮手指的孩童
〈限定詞〉 王子

19. 彎腰拄著拐杖的男性
〈表形〉〈限定詞〉「年事已高」*iʾw*〈伊阿威〉、「年紀大的」*smsw*〈塞姆蘇〉、「貴人、首長」*wr*〈烏爾〉。有時也會用這個符號來表示下面幾個單字
〈限定詞〉 老舊
〈限定詞〉 依靠
〈表音〉〈限定詞〉「礦山工人」*iky*〈伊基〉

20. 拄著前端分為兩頭的拐杖（捕蛇杖？），彎著身子的男性
〈表形〉〈限定詞〉「最年長者」*smsw*〈塞姆蘇〉。也能單以這個符號來表示

21. 一手拿著拐杖，另一手垂下拿著布（V-12）的男性
〈表形〉〈限定詞〉「貴族、官員」*sr*〈塞爾〉。也能單以這個符號來表示
〈限定詞〉 朝臣、（國王的）友人

22. 拿著拐杖和 aba 權杖（S-42）的男性
〈限定詞〉 雕像、樣貌

23. 手持拐杖和棍棒（T-3）的男性
〈限定詞〉 君主、統治者

24. 以棍棒打擊的男性
〈限定詞〉 表示「打擊」、「奪取」、「強力」這類必須施力或努力的行為

25. 左手放在背後，右手持棍棒打擊的男性
〈表形〉〈限定詞〉「打擊」、「拍打」、「毆打」*ḥwi*〈夫威〉

59. 持棍棒進行威嚇的男性
〈限定詞〉 驅趕

26. 手心朝上招呼他人過來的男性
〈限定詞〉 呼喚、招募

27. 奔跑的男性
〈表音〉 *in*〈印〉

28. 舉起雙手的男性
〈限定詞〉「高」、「快樂」、「嘆氣」、「禿頭」、「無毛」等多種意思

29. 倒立的男性
〈限定詞〉 倒立

30. 手臂略彎上舉至眼睛高度，呈站姿的男性（祈禱姿勢）
〈限定詞〉「讚美」、「祈禱」、「盼望」、「主張」等多種意思

31. 雙手綁在後方的男性
〈限定詞〉 向後轉、(把臉)轉過去

32. 跳舞的男性
〈限定詞〉 跳舞、高興

33. 肩上扛著綁包袱的棍棒的男性
〈表意〉「家畜數量」*mniw*〈美尼烏〉。也能單以這個符號來表示
〈限定詞〉 徬徨、流浪者

34. 搗石臼的男性
〈限定詞〉 磨成粉末、壓碎、搗實

35. 建造牆壁的男性
〔注意表現方式〕 牆壁部分為從上空俯瞰圍繞城鎮的城牆形狀
〈表形〉〈限定詞〉「製作」、「建造」*ḳd*〈喀德〉。也能單以這個符號來表示

36. 在瓶子內進行揉捏作業的男性
〈表形〉〈限定詞〉「(啤酒)釀造者」*'fty*〈阿菲提〉。也能單以這個符號來表示

37. 進入槽內用腳進行揉捏作業的男性（踩踏葡萄，製作葡萄酒）
※ 比起 A-36 更常使用

38. 拿著兩顆看似豹頭的動物（城市象徵、標章）頭顱的男性
〈表意〉「Cusae」（城鎮名，現在的 El Quseyya）*Ḳis*〈基斯〉

39. A-38 的其他形態

40. 坐著的神祇（下巴有彎曲的鬍鬚，留著直直的長髮，全身以外衣包覆起來）
〈限定詞〉 神
〈表形〉〈限定詞〉「吾」*i*〈伊〉

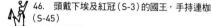
41. 王（包著頭巾，額頭上飾有蛇形標誌，下巴有直直的鬍鬚）
〈限定詞〉 王
〈表形〉〈限定詞〉「吾」*i*〈伊〉

42. 手持脫穀用的連枷（S-45）的國王
與 A-41 相同，常見於新王國時代第 18 王朝

43. 頭戴上埃及白冠（S-1）的國王
〈表形〉〈限定詞〉「上埃及國王」*nsw*〈涅蘇〉。也能單以這個符號來表示
〈限定詞〉歐西里斯神

44. 頭戴上埃及白冠（S-1）的國王手持連枷（S-45）
與 A-43 相同

45. 頭戴下埃及紅冠（S-3）的國王
〈表形〉〈限定詞〉「下埃及國王」*bity*〈比提〉。也能單以這個符號來表示

46. 頭戴下埃及紅冠（S-3）的國王，手持連枷（S-45）
與 A-45 相同

47. 全身上衣包覆，手持帶有附屬物棍棒的畜牧民
〈表形〉「家畜數量」*mniw*〈美尼烏〉
〈表形〉〈決定詞〉「保護」*s3w*〈沙烏〉

48. 手持刀子(？)下巴沒有鬍鬚的男性（或女性）
〈表形〉〈限定詞〉「關於～」*iri*〈伊利〉

49. 手持棍棒坐下的敘利亞人
〈限定詞〉 外國人

50. 坐在椅子上，身分顯貴的男性
〈表形〉「貴族」*šps*〈謝佩斯〉
〈表形〉〈限定詞〉「我(是)」*i*〈伊〉、「(向)我」*wi*〈威〉、「我」*ink*〈伊涅喀〉
〈限定詞〉 附於貴族、大臣、官員或個人名字的後方

51. 手持連枷（S-45），坐在椅子上的顯貴之人
〈表形〉「高貴的」、「尊貴」*špsi*〈謝佩西〉
〈限定詞〉 先人、祖先

52. 手持連枷（S-45），正襟危坐的顯貴之人
〈限定詞〉「聖職者」或附於這些人的名字後方

53. 站立的木乃伊
〈限定詞〉 木乃伊、雕像、樣貌形象

54. 橫躺的木乃伊
〈限定詞〉 死亡、死、棺木

55. 躺在床上的木乃伊
〈限定詞〉 躺臥、過夜、死、屍體

B 〔女性及相關符號〕

1. 坐著的女性
〈限定詞〉 女性、女性的職業、女神、人名

2. 懷孕的女性
〈限定詞〉 懷孕、想起、想出

3. 生產的女性（胎兒的頭手正要出來）
〈表形〉〈限定詞〉「生產」*msi*〈美西〉

4. 坐下的女性和綁成束的狐狸毛皮（F-31）
與 B-3 相同

5. 授乳的女性
〈限定詞〉 餵奶、養母

6. 讓孩童坐在大腿上的女性
〈限定詞〉 養育

7. 頭戴頭冠手持鮮花的女性
〈限定詞〉 和女王、公主、王妃的名字一起出現

C 〔人類形象的神祇〕

1. 頭頂蛇形包圍太陽標誌的神祇
〈表形〉〈限定詞〉「拉神」*R'*〈拉〉。也能單以這個符號來表示

2. 頭頂太陽手持安卡（S-34）、鷹頭人身的神祇
〈表形〉〈限定詞〉「拉神」*R'*〈拉〉。也能單以這個符號來表示

3. 朱鷺頭之神
〈表形〉〈限定詞〉「托特神」*Dḥwty*〈傑夫提〉。也能單以這個符號來表示

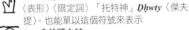
4. 公羊頭之神
〈表形〉〈限定詞〉「庫努牡神」*Ḥnmw*〈庫努牡〉。也能單以這個符號來表示

5. 手持安卡（S-34）的公羊頭神祇
與 C-4 相同

6. 胡狼頭之神
〈表形〉〈限定詞〉「阿努比斯神」*Inpw*〈安普〉。也能單以這個符號來表示

7. 名為「賽特」的未知動物頭之神
〈表形〉〈限定詞〉「賽特神」*Stḫ*〈塞提喀〉。也能單以這個符號來表示
〈限定詞〉 災難、使痛苦、惡夢

8. 頭上飾有 2 根大羽毛，手持連迦（S-45），雙手向後舉起的神祇，性器官呈現勃起狀態
〈表形〉〈限定詞〉「敏神」*Mnw*〈美努〉。也能單以這個符號來表示

9. 頭頂太陽和牛角的女神
〈表形〉〈限定詞〉「哈索爾女神」*Ḥwt-Ḥr*〈呼特‧赫爾〉。也能單以這個符號來表示

10. 頭纏頭巾，插上瑪亞特（H-6）羽毛的女神
〈表形〉〈限定詞〉「瑪亞特女神」*M³'t*〈瑪亞特〉。也能單以這個符號來表示

11. 雙手舉起指向天空，頭戴去掉葉子的椰枝之神
〈表形〉「赫夫神」*Ḥḥ*〈赫夫〉。也能單以這個符號來表示

12. 頭上飾有 2 根大羽毛，手持瓦思權杖（S-40）之神
〈表形〉〈限定詞〉「阿蒙神」*Imn*〈阿蒙〉。也能單以這個符號來表示

17. 頭頂太陽與 2 根大羽毛，手持安卡（S-34）鷹頭人身的神祇
〈表形〉「蒙圖神」*Mnṯw*〈蒙圖〉。也能單以這個符號來表示

18. 頭頂太陽、公羊角、2 根羽毛的神祇
〈表形〉「塔添能神」*T³-ṯnn*〈塔‧切涅因〉。也能單以這個符號來表示

19. 身體有如木乃伊，呈現站姿的神祇，手持瓦思權杖（S-40）
〈表形〉「卜塔神」*Ptḥ*〈佩提夫〉。也能單以這個符號來表示

20. 站在祀堂內 C-19 的神祇
與 C-19 相同

D 〔人體部位〕

1. 頭部側面
〈表形〉「頭」*tp*〈提普〉*ḏ³ḏ³*〈加加〉、「最初的」、「第一的」*tpy*〈提匹〉
〈限定詞〉 頭、頭各個部位的名稱

2. 臉部正面
〈表形〉「臉」*ḥr*〈赫爾〉
〈表意〉「～之上」*ḥr*〈赫爾〉
〈表音〉*ḥr*〈赫爾〉

3. 頭髮
〈限定詞〉「頭髮」、有關頭髮的事物、「皮膚」、「心痛」、「哀悼」、「滅亡」、「空的」等許多意思相關

4. 眼睛
〈表形〉「眼睛」*irt*〈伊雷特〉
〈表音〉 *ir*〈伊爾〉、*m³*〈瑪〉
〈限定詞〉「看見」、「看守」、「察覺」、「哭

5. 塗上眼影的眼睛
〈限定詞〉「看見」、「盲目的」、「睡眠」、「正要醒來」等有關眼睛的動作

6. D-5 的古老形態

7. 在下眼瞼畫眼線的眼睛
〈限定詞〉「裝飾」、「使美麗」、「眼影」、「美麗」等，偶爾為「看守」的意思
〈表音〉 *'n*〈安〉、*'nw*〈安努〉（用於特定的地名）

8. 代表土地的符號（N-18）內的眼睛
〈限定詞〉 圖拉（Tura，開羅郊外）的採石場
〈表音〉 *'n*〈安〉

9. 流淚的眼睛
〈表形〉〈限定詞〉「哭泣」*rmi*〈雷米〉。也能單以這個符號來表示

10. 瓦吉特之眼
〈表形〉〈限定詞〉「瓦吉特之眼、荷魯斯神完整的眼睛」*wḏʒt*〈烏加特〉。也能單以這個符號來表示

11. 瓦吉特之眼左側的眼白
1/2 哈加特（heqet，穀物容量單位）的標誌

12. 瓦吉特之眼的眼球
1/4 哈加特的標誌
〈限定詞〉「瞳」

13. 瓦吉特之眼的眉毛
1/8 哈加特的標誌

14. 瓦吉特之眼右側的眼白
1/16 哈加特的標誌

15. 瓦吉特之眼的記號之一
1/32 哈加特的標誌

16. 瓦吉特之眼的記號之一
1/64 哈加特的標誌

17. 瓦吉特之眼的標誌，或是荷魯斯神的臉部樣貌
〈表形〉〈限定詞〉「雕像」、「形象」、「樣貌」*tit*〈提特〉

18. 耳朵
〈表形〉〈限定詞〉「耳朵」*msḏr*〈美基節爾〉

19. 鼻子、眼睛、臉頰
〈表音〉 *ḥnt*〈喀涅特〉
〈表形〉「鼻子」〈菲涅究〉
〈限定詞〉「鼻子」「聞（味道）」「氣味」「臉」「高興」「親切的」「反抗的」等多種意思

20. D-19 的省略形

21. 嘴巴
〈表形〉「嘴巴」*r'*〈拉〉
〈表音〉 *r*〈魯〉

22. 附有 2 條直線的嘴巴
〈表意〉「三分之二」*rwi*〈魯威〉

23. 附有 3 條直線的嘴巴
〈表意〉「四分之三」*ḥmt rw*〈喀美特·魯〉

24. 上唇與牙齒
〈表形〉〈限定詞〉「嘴唇」*spt*〈塞佩特〉
〈表意〉「綠色（水池等）」*spt*〈塞佩特〉

25. 上下嘴唇間露出的牙齒
〈表形〉〈限定詞〉「嘴唇」*spty*〈塞佩提〉

26. 從嘴裡流出液體
〈限定詞〉 吐口水、嘔吐、血液

27. 乳房
〈表形〉〈限定詞〉「乳房」*mnḏ*〈美涅究〉
〈限定詞〉 餵奶、教育、養育

28. 手肘彎曲的雙臂
〈表音〉 *kʒ*〈卡〉
〈表意〉「靈魂」*kʒ*〈卡〉（相對於「巴」（*bʒ*），較具生命力）。也能單以這個符號來表示

29. 手肘彎曲的雙臂與掛著神聖之物的旗竿（R-12）組合而成
〈表音〉「靈魂」*kʒ*〈卡〉（相對於「巴」（*bʒ*），較具生命力）。也能單以這個符號來表示

30. 帶有附屬物，手肘彎曲的雙臂
〈限定詞〉「涅赫勃考（Nehebkau，於神話中登場的蛇神之名）」*Nḥb-kʒw*〈涅赫布·考〉

31. 環抱的雙手與洗衣時用來拍打的棒子（U-36）組合而成
〈表意〉「靈魂（*kʒ*）形象的我、靈魂祭司」*ḥm-kʒ*〈赫姆·卡〉

32. 環抱的雙臂
〈限定詞〉 擁抱、包覆、打開

33. 雙手拿著船槳划船
〈表形〉「划（船）」*ḫni*〈喀尼〉
〈表音〉*ḫn*〈喀恩〉

34. 雙手拿著盾牌與作戰用的斧頭
〈表形〉「戰鬥」*'ḥʒ*〈阿哈〉

35. 張開的雙臂（否定的一種動作）
〈表音〉*n*〈努〉
〈表形〉「沒有～」*n*〈努〉、*nn*〈涅努〉
〈限定詞〉 不知道、忘記了
〈表音〉*ḫm*〈喀姆〉、*mḫ*〈美喀〉

36. 手心朝上，手肘呈直角彎曲的手臂
〈表形〉「手臂」「手」*'*〈阿〉
〈表音〉*'*〈阿〉

37. 捧著麵包？（X-8）的手
〈表形〉〈限定詞〉「賜予」*rdi*〈雷蒂〉、*di*〈蒂〉或 *imi*〈伊米〉
〈表音〉*d*〈究〉、*mi*〈米〉、*m*〈姆〉

38. 捧著圓麵包的手
〈表音〉 *mi*〈米〉

39. 捧著圓形容器（W-24）的手
〈限定詞〉作為供品、供奉

40. 拿著棍棒的手
〈限定詞〉「強壯」、「拉扯」、「搬運」等需要施力或努力的行為

41. 手心朝下的手臂（手肘大幅彎曲）
〈限定詞〉「肩膀、手臂」、「左方的(東方的)」、「彎曲」、「驅趕」、「解除」等有關手臂的動作，以及「停止」、「反駁」等動作停止的行為

42. 手心朝下的手臂（手肘呈直角彎曲）
〈表形〉〈限定詞〉「肘」（Cubit，腕尺單位）*mḥ*〈美夫〉

43. 拿著連迦（S-45）的手臂
〈表音〉*ḥw*〈庫〉
〈表意〉「保護」*ḥwi*〈庫威〉

44. 拿著 aba 權杖（S-42）的手臂
〈限定詞〉統治、管理

45. 拿著 Nekhbet 手杖（職務所需的手杖）的手臂
〈表形〉〈限定詞〉「神聖的」*ḏsr*〈傑塞爾〉

46. 手
〈表音〉*d*〈杜〉
〈表形〉「手」*drt*〈傑雷特〉

46*. 液體從手中傾倒出來
〈表形〉「芳香」*idt*〈伊迪特〉

47. 手心呈碗狀
〈限定詞〉手

48. 隱藏姆指的手
〈表形〉「手心」、「手掌（掌尺單位）」*šsp*〈謝塞普〉

49. 握拳
〈限定詞〉抓住、掌握、掠奪

50. 手指
〈表音〉*ḏbʿ*〈節巴〉
〈表形〉〈限定詞〉「手指」*ḏbʿ*〈節巴〉

51. 橫放的手指
〈表形〉〈限定詞〉「指甲」*ʿnt*〈阿涅特〉
〈限定詞〉測量、拿著、壓住、水果

52. 陰莖
〈表形〉*mt*〈met〉
〈限定詞〉男性、雄性、陰莖、驢子、公牛

53. 流出液體的陰莖
〈限定詞〉「陰莖」、「小便」、「男性」「丈夫」，在古王國時期和「〜的大人」等意思有關

54. 走路中的雙腳
〈表意〉「來」*iw*〈伊烏〉、「有意圖的舉動」*nmtt*〈涅美提特〉
〈限定詞〉「走路」、「接近」、「加快」、「站立」、「停止」等意思

55. 往反方向走去的雙腳
〈限定詞〉回來、回去、轉身

56. 腳
〈表形〉〈限定詞〉「腳」*rd*〈雷德〉
〈限定詞〉腳的各個部位、與腳相關的動作
〈表音〉〈限定詞〉「腳」*sbḳ*〈塞貝喀〉
〈表音〉*pds*〈佩德斯〉、*wʿr*〈瓦爾〉、*gḥs*〈歌赫斯〉

57. 腳與刀子（T30）組合而成
〈表音〉〈限定詞〉「(手腳)殘缺不全」*iʾt*〈伊阿丘〉
〈限定詞〉傷害、使受傷

58. 腳
〈表音〉*b*〈布〉
〈表音〉「場所」、「立場」*bw*〈布烏〉

59. 腳和手心朝上、手肘呈直角彎曲的手臂（D 36）組合而成
〈表音〉*ʿb*〈阿布〉

60. 腳上放著流出淨水的瓶子
〈表音〉〈限定詞〉「淨化」、「純淨」*wʿb*〈瓦布〉

61. 指尖
〈表意〉〈限定詞〉「指尖」*sʾḥ*〈沙夫〉
〈表音〉*sʾḥ*〈沙夫〉

62. D-61 的其他形態

63. D-61 的其他形態

▆▆▆ E 〔哺乳動物〕

1. 公牛
〈表形〉「公牛」*kʾ*〈卡〉
〈限定詞〉公牛、畜牛

2. 表現出鬥志的公牛
〈表形〉「強而有力的公牛（法老稱號）」*kʾ-nḫt*〈卡・涅喀特〉
〈限定詞〉鬥牛、野牛

3. 小牛
〈限定詞〉小牛、短角牛

4. 神聖的聖牛
〈限定詞〉「聖牛」*ḥsʾt*〈赫沙特〉

5. 吸吮母牛奶水的小牛
〈限定詞〉為「表現出感興趣」（有如親子之間的關係）的意思

6. 馬
〈表形〉〈限定詞〉「馬」*ssmt*〈塞瑟美特〉。也能單以這個符號來表示
〈限定詞〉種馬、牽引戰車的馬

7. 驢子
〈限定詞〉「驢子」 'ꜣ〈阿斯〉

8. 小羊
〈限定詞〉「小羊」 ib〈伊布〉
〈限定詞〉「山羊」、「綿羊」等小型家畜
〈表音〉 ib〈伊布〉

9. 剛生下來的羚羊
〈表音〉 iw〈伊烏〉

10. 綿羊
〈限定詞〉 綿羊、（化為公羊形象）庫努牡神

11. E-10的古老形態

12. 豬
〈限定詞〉 豬

13. 貓
〈限定詞〉 貓

14. 格雷伊獵犬（法老獵犬）
〈限定詞〉 狗、獵犬

15. 趴下的胡狼
〈表形〉〈限定詞〉「阿努比斯神」 Inpw〈安普〉。也能單以這個符號來表示

16. 趴在櫥櫃上的胡狼
與 E-15 相同

17. 野狗（胡狼）
〈表形〉〈限定詞〉「胡狼」 sꜣb〈沙布〉。也能單以這個符號來表示

18. 站在掛著聖物的旗竿（R-12）上的胡狼
〈表形〉〈限定詞〉「威普瓦衛」（開闢道路者）Wp-wꜣwt〈烏普·瓦特〉。也能單以這個符號來表示

19. E-18的古老形態

20. 名為「賽特」的不知名動物
〈表形〉「賽特神」 Sth〈塞提喀〉
〈限定詞〉 暴風雨、閃電、叛亂

21. 趴下的賽特
〈表形〉「賽特神」 Sth〈塞提喀〉
〈限定詞〉 暴風雨、閃電、叛亂

22. 獅子
〈表形〉〈限定詞〉「獅子」 mꜣi〈瑪伊〉。也能單以這個符號來表示

23. 趴下的獅子
〈表音〉 rw〈魯〉
〈表形〉「獅子」 rw〈魯〉。也能單以這個符號來表示

24. 豹
〈表形〉〈限定詞〉「豹」 ꜣby〈阿比〉。也能單以這個符號來表示

25. 河馬
〈限定詞〉 河馬

26. 大象
〈限定詞〉 大象
〈表音〉〈限定詞〉「象島」（亞斯文）ꜣbw〈阿布〉

27. 長頸鹿
〈限定詞〉 預知、通知

28. 羚羊（Oryx）
〈限定詞〉 羚羊

29. 羚羊（Gazelle）
〈限定詞〉 羚羊

30. 長著長角的野生山羊
〈限定詞〉 野生山羊（羱羊）

31. 脖子掛著圓筒印章的山羊
〈表意〉〈限定詞〉 地位、高位、威嚴

32. 埃及狒狒
〈限定詞〉「神聖的埃及狒狒」、「猴子」，此外還有「發怒」等

33. 猴子
〈限定詞〉 猴子

34. 野兔
〈表形〉 wn〈烏努〉〈威努〉

■ F 〔哺乳動物的身體部位〕

1. 公牛頭部
取代 E-1，用於供養祭文上

2. 表現出鬥志的公牛頭部
〈限定詞〉 發狂、暴怒

3. 河馬頭部
〈表意〉「舉世無雙的力量」ꜣt〈阿特〉
〈表音〉 ꜣt〈阿特〉

4. 獅子的頭部與前腳
〈表形〉「額頭」、「開始」、「前面」ḥꜣt〈哈特〉
〈表音〉 ḥꜣt〈哈特〉

5. 羚羊頭部
〈表音〉 šsꜣ〈夏沙〉、sšꜣ〈塞夏〉
〈限定詞〉 願望

6. 羚羊的頭部與前腳
與 F-5 相同

7. 公羊頭部
〈限定詞〉 公羊頭、有價值、威嚴

8. 公羊的頭部與前腳
與 F-7 相同

9. 豹的頭部
〈表音〉 *ỉt*〈阿特〉

※ 兩隻豹的頭部
〈表意〉「強大力量」*pḥty*〈佩赫提〉

10. 動物的長脖子
〈限定詞〉「脖子」、「喉嚨」、「飲用」、「口渴」
等有關脖子或喉嚨的狀態及動作

11. F-10 的古老形態

12. 犬科動物的頭部和脖子
〈表意〉「脖子」*wsrt*〈烏塞雷特〉
〈表音〉 *wsr*〈烏塞爾〉

13. 牛角
〈表形〉「牛角」、「頂部」*wpt*〈烏佩特〉
〈威佩特〉
〈表音〉 *wp*〈烏普〉〈威普〉、*ỉp*〈伊普〉

14. 拔掉葉子的椰枝 (M-4) 與牛角組合而成
〈表意〉「一年的第一天及其慶典」
wpt-rnpt〈威佩特・連佩特〉

15. F-14 與太陽 (N-5) 組合而成的符號
與 F-14 相同

16. 角
〈表形〉〈限定詞〉「角」*dp*〈底普〉
〈表音〉 *ʿb*〈阿布〉

17. 牛角和流出淨水的瓶子組合而成
〈表形〉〈限定詞〉「淨化儀式」*ʿbw*〈阿布烏〉

18. 象牙
〈表形〉〈限定詞〉「牙齒」*ỉbḥ*〈伊貝夫〉
〈限定詞〉 牙齒、咀嚼、笑
〈表音〉 *bḥ*〈貝夫〉、*ḥw*〈夫烏〉、*bỉ⁴*〈比阿〉
〈表形〉〈限定詞〉「性質」、「性格」*bỉ*〈比〉

19. 牛的下巴
〈限定詞〉 下巴

20. 牛舌
〈表形〉「舌頭」*ns*〈涅斯〉
〈表音〉 *ns*〈涅斯〉
〈限定詞〉「品嚐」這類用舌頭進行的動作
〈表意〉「監督官」*ỉmy-rʾ*〈伊米・拉〉

21. 牛耳
〈表形〉〈限定詞〉「耳朵」*msḏr*〈美塞節爾〉
〈限定詞〉「傾聽」這類與耳朵相關的動作
〈表音〉〈限定詞〉 *sḏm*〈塞節姆〉、*sḏm*〈塞
底姆〉
〈表音〉 *ỉdn*〈伊甸〉

22. 貓科動物的下半身
〈表形〉「邊緣」、「結束」*pḥwi*〈佩夫烏伊〉
〈限定詞〉 底部、後面
〈表音〉 *pḥ*〈佩夫〉

23. 牛的前腳
〈表形〉〈限定詞〉「前腳」*ḥpš*〈喀佩修〉

24. 與 F-23 方向相反
與 F-23 相同

25. 公牛的腳
〈表形〉「蹄」*wḥmt*〈烏赫美特〉〈威赫美特〉
〈表音〉 *wḥm*〈烏赫姆〉〈威赫姆〉

26. 山羊皮
〈表形〉「皮」*ḫnt*〈喀涅特〉
〈表音〉 *ḫn*〈喀努〉

27. 牛皮
〈限定詞〉「毛皮」等與一般哺乳動物相關的事
物

28. F-27 的其他形態
〈表音〉「（牛的毛色等）斑點」、「各種色彩」*sỉb*
〈沙布〉
〈表音〉 *ỉb*〈阿布〉

29. 被弓箭射穿的牛皮
〈表形〉〈限定詞〉「射擊」*sti*〈塞提〉
〈表音〉 *st*〈基特〉

30. 裝水的皮袋
〈表音〉 *šd*〈謝德〉

31. 3 塊集中在一起的狐狸皮
〈表音〉 *ms*〈美斯〉
〈表形〉「狐狸皮」*mst*〈美塞特〉

32. 包含乳頭與尾巴的動物腹部
〈表形〉〈限定詞〉「腹部」、「身體」*ḫt*〈喀特〉
〈表音〉 *ḫ*〈喀〉

33. 尾巴
〈限定詞〉 尾巴
〈表音〉 *sd*〈塞德〉

34. 心臟
〈表形〉「心臟」、「心」*ỉb*〈伊布〉
〈限定詞〉 與「心臟」、「心」相關的事物

35. 心臟與氣管
〈表音〉 *nfr*〈奈菲爾〉

36. 肺與氣管
〈表形〉「肺」*smỉ*〈塞瑪〉
〈表音〉 *smỉ*〈塞瑪〉

37. 背脊與肋骨
〈表意〉〈限定詞〉「背後」*ỉʾt*〈伊阿特〉
〈限定詞〉 背
〈表音〉 *sm*〈塞姆〉

38. F-37 之後的形態
與 F-37 相同（新王國時期第 18 王朝以後的形態）

39. 露出脊髓的脊梁骨
〈表形〉「脊髓」*ỉmỉḫ*〈伊瑪喀〉
〈表音〉 *ỉmỉḫ*〈伊瑪喀〉

40. 從兩側露出脊髓的脊梁骨
〈表音〉 *ỉw*〈阿烏〉

41. 脊椎骨
〈限定詞〉 背

42. 肋骨
〈表形〉〈限定詞〉「肋骨」spr〈塞佩爾〉
〈表音〉 spr〈塞佩爾〉

43. 牛的肋骨
〈限定詞〉 牛的肋骨

44. 附著肉的腿骨
〈限定詞〉 小腿、牛腿
〈表音〉 iwꜥ〈伊瓦〉、isw〈伊蘇〉

45. 母牛的子宮
〈表意〉〈限定詞〉 母牛、女性性器官
idt〈伊底特〉

46. 腸子
〈表形〉「腸子」qꜣb〈卡布〉
〈限定詞〉 環繞、旋轉、改變方向
〈表音〉 qꜣb〈卡布〉、phr〈佩喀爾〉、
dbn〈底班〉

47. 腸子的其他形態
與 F-46 相同

48. 腸子的其他形態
與 F-46 相同

49. 腸子的其他形態
與 F-46 相同

50. 腸子與掛起的布（S-29）組合而成
〈表音〉 sphr〈塞佩喀爾〉

51. 肉片
〈限定詞〉 手腳、身體、頭部、肩膀
〈表音〉 ꜣs〈阿斯〉、ws〈烏斯〉

52. 排泄物
〈限定詞〉 大便、糞便

G 鳥類

1. 埃及禿鷲
〈表音〉 ꜣ〈阿〉
〈表形〉「埃及禿鷲」ꜣ〈阿〉

2. 兩隻埃及禿鷲
〈表音〉 ꜣꜣ〈阿阿〉

3. 埃及禿鷲與鐮刀（U-1）組合而成
〈表音〉 mꜣ〈瑪〉

4. 鷺的一種
〈表音〉 tiw〈提烏〉、tw〈圖〉

5. 老鷹
〈表形〉「荷魯斯神」Ḥr〈赫爾〉

6. 帶著連迦（S-45）的老鷹
〈限定詞〉「老鷹」

7. 佇留在掛著聖物的旗竿（R-12）上的老鷹
〈限定詞〉 與神祇或國王相關的事物

7*. 乘船的老鷹
〈表形〉「安提」（Anty，上埃及第 12 諾姆的神祇）ꜥnty〈安提〉

7**. G-7* 的其他形態

與 G-7* 相同

8. 佇留在黃金標誌（S-12）上的老鷹
〈表形〉 國王王名之一「黃金荷魯斯名」
Ḥr-nbw〈赫爾·涅布〉

9. 頭頂太陽（N-5）的老鷹
〈表形〉「拉·哈拉胡提神」Rꜥ-Ḥr-ꜣḫty
〈拉·赫爾·阿喀提〉

10. 佇留在聖船上的老鷹
〈表形〉「索卡爾神」Skr〈塞喀爾〉
〈限定詞〉 索卡爾神所乘坐的索克爾船 Hennu

11. 老鷹的古老形態
〈限定詞〉 神聖形象（神像）

12. 帶著連迦（S-45）的老鷹古老形態
〈限定詞〉 神聖形象（神像）

13. 頭戴 2 根大羽毛的老鷹的古老形態
〈限定詞〉 上埃及希拉孔波利斯的「荷魯斯神」，或下埃及的「索普杜神」（Sopdu）

14. 禿鷲
〈表形〉「禿鷲」nrt〈涅雷特〉
〈表音〉 nr〈涅爾〉、mwt〈姆特〉、mt〈美特〉

15. 帶著連迦（S-45)的禿鷲
〈表形〉「姆特女神」Mwt〈姆特〉

16. 禿鷲女神奈赫貝特與眼鏡神女神瓦吉特佇留在簍筐（V-30）上
〈表形〉 國王王名之一「雙女神名」nbty〈涅布提〉

17. 貓頭鷹
〈表音〉 m〈姆〉

18. 兩隻貓頭鷹
〈表音〉 mm〈美姆〉

19. 貓頭鷹與捧著麵包？的手臂（D-37）組合而成
〈表音〉 m〈姆〉、mi〈米〉

20. 貓頭鷹與手肘呈直角彎曲的手臂（D-36）組合而成
與 G-19 相同

21. 珠雞
〈表形〉「珠雞」nḥ〈涅夫〉
〈表音〉 nḥ〈涅夫〉

22. 戴勝鳥
〈表音〉*db*〈節布〉

23. 小辮鴴
〈表音〉〈限定詞〉「國民、百姓」*rhyt*〈雷基特〉

24. 翅膀折斷無法飛翔的小辮鴴
與 G-23 相同。為「國民、百姓」的象徵

25. 朱鷺（隱鷺）
〈表意〉「精靈」（人類靈魂的一部分）*ꜣḫ*〈阿喀〉
〈表音〉*ꜣḫ*〈阿喀〉

26. 佇留在掛著聖物的旗竿（R-12）上的黑頭白䴉
〈限定詞〉黑頭白䴉、托特神

26*. 黑頭白䴉（沒有旗竿的罕見例子）

27. 紅鶴
〈限定詞〉紅鶴
〈表音〉*dšr*〈底謝爾〉

28. 向前探頭的黑頭白䴉
〈表音〉*gm*〈給姆〉

29. 東方白鸛
〈表音〉「巴」（靈魂）*bꜣ*〈巴〉
〈表音〉*bꜣ*〈巴〉

30. 3 隻東方白鸛
〈表意〉「權力」、「力量」*bꜣw*〈巴烏〉

31. 蒼鷺
〈限定詞〉貝努鳥、靈鳥
〈限定詞〉蒼鷺

32. 佇留在樹枝上的蒼鷺
〈表意〉〈限定詞〉「氾濫」*bꜥḥi*〈巴希〉。也能單以這個符號來表示

33. 背部呈淡黃色的鷺鳥

〈表形〉「塞達鳥」*sdꜣ*〈塞達〉
〈表音〉*sdꜣ*〈塞達〉

34. 鴕鳥
〈限定詞〉鴕鳥

35. 鵜鶘
〈表音〉*ꜣḳ*〈阿喀〉

36. 燕子
〈表音〉*wr*〈烏爾〉

37. 麻雀
〈限定詞〉主要用於「小」、「狹窄」、「壞的」、「空的」、「滅亡」、「疾病」等不好的事物上

38. 鵝
〈限定詞〉鵝、其他鳥類或者會飛的昆蟲
〈表音〉*gb*〈給布〉

39. 針尾鴨
〈限定詞〉針尾鴨
〈表音〉*sꜣ*〈沙〉

40. 飛翔的針尾鴨
〈表形〉「飛翔」*pꜣ*〈趴〉
〈表音〉*pꜣ*〈趴〉

41. 降落的針尾鴨
〈限定詞〉鳥、佇留、降落
〈表音〉*ḫn*〈肯〉、*ḳmyt*〈喀米特〉、*shw*〈塞夫〉、*tn*〈千〉、*ḳmꜣ*〈喀瑪〉

42. 肥胖的鴨 ？
〈表形〉「肥胖」*wšꜣ*〈烏夏〉（威夏）

43. 鵪鶉雛鳥
〈表形〉*w*〈烏〉

44. 兩隻鵪鶉雛鳥
〈表音〉*ww*〈烏烏〉（威烏）

45. 鵪鶉雛鳥和手心朝上、手肘呈直角彎曲的手臂（D-36）組合而成
〈表音〉*wꜥ*〈瓦〉

46. 鵪鶉雛鳥和鐮刀（U-1）組合而成
〈表音〉*mꜣw*〈瑪烏〉

47. 小鴨
〈限定詞〉剛出生不久的小鳥
〈表音〉*tꜣ*〈恰〉

48. 待在鳥巢中的 3 隻小鴨
〈限定詞〉鳥巢

49. 從水池中探出頭的鴨子
〈表形〉〈限定詞〉「鳥巢」*sš*〈塞修〉

50. 兩隻鴴鳥
〈表意〉「洗衣工」*rhty*〈雷喀提〉

51. 捕魚的鷺鳥
〈限定詞〉捕魚

52. 啄食穀物的鵝
〈限定詞〉餵餌

53. 香爐（R-7）與人頭鳥身
〈表形〉「巴」（靈魂）*bꜣ*〈巴〉

54. 準備用來烹煮的鴨子
〈限定詞〉「作為供品的鳥」
〈表音〉*snd*〈塞涅究〉

■■ H 〔鳥類的身體部位〕

1. 針尾鴨頭部
※ 主要在供品列表中作為「鳥」的簡寫
〈限定詞〉作為供品

2. 有羽冠的鷺鳥 ？ 頭部
〈表音〉*mꜣꜥ*〈瑪亞〉、*wšm*〈烏謝姆〉（威謝姆）、*pḳ*〈佩喀〉

3. 白琵鷺頭部
〈表音〉 ***pḳ***〈佩喀〉、***pꜣḳ***〈帕喀〉
〈限定詞〉 pak 點心（扁平餅乾）

4. 禿鷲頭部
〈表音〉 ***nr***〈涅爾〉、***rm***〈雷姆〉

5. 翅膀
〈限定詞〉 翅膀、飛翔

6. 羽毛
〈表意〉「瑪亞特女神」、「真理」***mꜣꜥt***〈瑪阿特〉。也能單以這個符號來表示
〈表音〉 ***šw***〈修〉

6*. 被認為是僧侶體的羽毛

7. 鳥腳
〈表音〉 ***šꜣ***〈夏〉

8. 鳥蛋
〈限定詞〉 蛋

I〔兩棲類、爬蟲類〕

1. 蜥蜴
〈表音〉 ***ꜥšꜣ***〈阿夏〉
〈限定詞〉 蜥蜴

2. 烏龜
〔注意表現方式〕 龜殼從上方、頭部從側面角度來呈現
〈表形〉〈限定詞〉「烏龜」***štyw***〈謝提烏〉

3. 鱷魚（鱷科）
〈表形〉〈限定詞〉「鱷魚」***msḥ***〈美塞夫〉
〈限定詞〉 貪婪的、具攻擊性的

3*. 兩隻鱷魚
〈表音〉 ***ity***〈伊提〉

5*. 古老鱷魚石像
〈表形〉〈限定詞〉「索貝克神」（Sebek／Sobek）Sbk〈塞貝喀〉。也能單以這個符號來表示

4. 祀堂上的鱷魚
〈表形〉〈限定詞〉「索貝克神」（Sebek／Sobek）Sbk〈塞貝喀〉。也能單以這個符號來表示

5. 捲起尾巴的鱷魚（抱蛋的姿勢？）
〈限定詞〉 收集、謹慎

6. 鱷魚皮的一部分
〈表形〉 ***km***〈喀姆〉

7. 青蛙
〈限定詞〉 海奎特女神（Heqet／Heket）

8. 蝌蚪
〈表意〉「10萬」***ḥfn***〈赫菲〉

9. 頭上長角的毒蛇
〈表形〉 ***f***〈夫〉

10. 眼鏡蛇
〈表形〉「眼鏡蛇」***ḏt***〈傑特〉
〈表音〉 ***ḏ***〈究〉

11. 兩條眼鏡蛇
〈表音〉 ***ḏḏ***〈傑究〉

12. 抬起鐮刀狀頭部的眼鏡蛇
〔注意表現方式〕 頭部從側面、威嚇敵人的膨脹身體從正面角度來呈現
〈限定詞〉「蛇形標誌」或「瓦吉特」這類以眼鏡蛇樣貌示人的女神

13. 於竹籃（V-30）上抬起鐮刀狀頭部的眼鏡蛇
〈限定詞〉 女神

14. 蛇行的蛇
〔注意表現方式〕 頭部從側面、蜷曲的身體從俯勘角度來呈現
〈限定詞〉「蛇」（總稱）「蟲」等

15. I-14 的其他形態
〔注意表現方式〕 頭部從側面、威嚇敵人的膨脹身體從正面、蜷曲的身體從俯勘角度來呈現

K〔魚類及身體部位〕

1. 尼羅口孵非鯽
〈表音〉 ***in***〈印〉
〈限定詞〉 魚（總稱）、鯽魚

2. 魮魚（鯉科）
〈限定詞〉 令人嫌惡之物
〈表音〉 ***bw***〈布烏〉

3. 烏魚
〈限定詞〉 鯔魚
〈表音〉 ***ꜥḏ***〈阿究〉

4. 俄克喜林庫斯魚（象鼻魚科、象鼻魚）
〈表形〉「俄克喜林庫斯魚」***ḫꜣt***〈卡特〉
〈表音〉 ***ḫꜣ***〈卡〉

5. 岩頭長頜魚（象鼻魚科）
〈限定詞〉 魚（總稱）、惡臭
〈表音〉 ***bs***〈貝斯〉

6. 魚鱗
〈表形〉〈限定詞〉「魚鱗」***nšmt***。也能單以這個符號來表示

7. 河魨（淡水魨魚）
〈限定詞〉 不滿、憤怒
〈限定詞〉 河魨

L 〔昆蟲、無脊椎動物〕

 1. 糞金龜
〈表形〉「糞金龜」*ḫprr*〈喀佩雷爾〉
〈表音〉 *ḫpr*〈喀佩爾〉

 2. 蜜蜂
〈表形〉「蜜蜂」*bit*〈比特〉
〈表音〉 *bit*〈比特〉

 3. 蒼蠅
〈限定詞〉 蒼蠅

 4. 蝗蟲
〈限定詞〉 蝗蟲

 5. 蜈蚣
〈限定詞〉 蜈蚣

 6. 雙殼綱
〈表音〉 *ḥ3*〈卡〉

 7. 蠍子
〈表形〉「塞爾凱特女神」*Srḳt*〈塞雷喀特〉。
也能置以這個符號來表示

 M 〔植物〕

1. 樹木
〈限定詞〉 樹的總稱，與樹相關的事物
〈表音〉 *i3m*〈呀姆〉、*im*〈伊姆〉

2. 草
〈限定詞〉 植物，與樹、草、花相關之事物
〈限定詞〉 輕
〈表音〉 *ḥn*〈亨〉、*is*〈伊斯〉、*i*〈伊〉

3. 樹枝
〈表形〉〈限定詞〉「木」、「木材」*ḫt*〈喀特〉
〈限定詞〉 樹或「木槌」這類木製工具
〈表音〉 *ḫt*〈喀特〉

3*. 樹枝（直立狀態）
〈表音〉 *dˁ*〈加〉

4. 拔除葉子的椰棗葉柄（用來畫上刻痕以
記錄年代）
〈限定詞〉 年輕、精力旺盛的
〈表意〉「在位第～年」*rnpt-sp*〈連佩特·塞
普〉
〈表音〉 *rnp*〈連佩特〉

5. 椰棗葉柄與麵包（X-1）組合而成
〈表意〉「季節」*ti*〈提〉

6. 椰棗葉柄與嘴巴（D-21）組合而成
〈限定詞〉「季節」*tr*〈泰爾〉
〈表音〉 *tr*〈泰爾〉、*ri*〈利〉

7. 拔除葉子的椰棗葉柄與蘆葦墊（Q-3）組
合而成的符號
〈表意〉〈限定詞〉「年輕」、「充滿朝氣」*rnpi*
〈連匹〉。也能單以這個符號來表示

 8. 睡蓮盛開的池塘
〈表形〉「沼澤」、「睡蓮池」*šĭ*〈夏〉
〈表意〉「氾濫季」*iḥt*〈阿喀特〉

9. 睡蓮花朵
〈表形〉〈限定詞〉「睡蓮」*sšn*〈塞先〉
〈表音〉 *nfr*〈奈菲爾〉

10. 睡蓮花苞
〈限定詞〉 睡蓮的花苞

11. 葉莖彎彎長長的花朵
〈表音〉〈限定詞〉「奉獻」*wbn*〈烏班〉〈威班〉

 12. 睡蓮的根、莖、葉
〈表形〉「睡蓮」*ḥ3*〈卡〉
〈表音〉 *ḥ3*〈卡〉
〈表意〉「1000」*ḥ3*〈卡〉

 13. 紙莎草梗
〈表形〉「紙莎草」、「紙莎草梗」、「紙莎草
柱」*wĭd*〈瓦究〉。也能單以這個符號來表示
〈表音〉 *wĭd*〈瓦究〉、*wd*〈烏究〉〈威究〉

14. 紙莎草梗與眼鏡蛇（I-10）組合而成〈表
音〉 *wĭd*〈瓦究〉、*wd*〈烏究〉〈威究〉

15. 花蕾下垂的茂盛紙莎草
〔注意表現方式〕 實際看不見的地下部分以
透視方式呈現
〈限定詞〉 紙莎草、沼澤
〈表音〉 *wĭḥ*〈瓦喀〉、*ĭḥ*〈阿喀〉
〈表意〉「下埃及」*mḥw*〈美夫〉

16. 茂盛的紙莎草
〈表音〉 *ḥ3*〈哈〉
〈表意〉「下埃及」*mḥw*〈美夫〉

17. 蘆葦穗
〈表形〉「蘆葦」*i*〈伊〉
〈表音〉 *i*〈伊〉

 18. 蘆葦穗與走路中的雙腳（D-54）組合而成
〈表音〉「過來」*ii*〈伊伊〉

19. 蘆葦穗與洗衣棒（U-36）之間堆疊成圓
錐形的蛋糕
〈限定詞〉 供品、堆疊起來的供品

20. 蘆葦平原
〈表形〉「原野」、「沼澤」*sḫt*〈塞喀特〉
〈表音〉 *sm*〈塞姆〉

21. 繩索從蘆葦平原的符號中延伸出來
〈表意〉〈限定詞〉「草」、「植物」*sm*〈塞姆〉
〈表音〉 *sm*〈塞姆〉

 22. 藺草
〈表音〉 *nḥb*〈涅喀布〉、*nn*〈涅努〉

22*.　兩根藺草
〈表音〉　*nn*〈涅努〉

23.　蘆草（象徵上埃及）
〈表形〉「蘆草」*swt*〈蘇特〉
〈表音〉　*sw*〈蘇〉

24.　蘆草與嘴巴（D-21）組合而成
〈表形〉　*rsw*〈雷蘇〉、*rs*〈雷斯〉

25.　M-24 與 M-26 組合而成

26.　從地面生長出來的蘆草 ？
〈表意〉「上埃及」*Šm‘*〈謝瑪〉
〈表音〉*šm‘*〈謝瑪〉

27.　從地面生長出來的蘆草，與手心朝上、手肘呈直角彎曲的手臂（D-36）組合而成
〈表意〉「上埃及」*Šm‘*〈謝瑪〉
〈表音〉　*šm‘*〈謝瑪〉

28.　從地面生長出來的蘆草，與（家畜的）腳鐐（V-20）組合而成
用於稱號內的特殊符號

29.　豌豆莢
〈表形〉「豌豆」*nḏm*〈涅傑姆〉
〈表音〉　*nḏm*〈涅傑姆〉

30.　味道香甜的根（根菜類 ？）
〈表意〉〈限定詞〉「甜」*bnr*〈貝涅爾〉

31.　公式化的睡蓮根部
〈限定詞〉　成長

32.　公式化的睡蓮根部
與 M-31 相同

33.　穀物
〈表形〉「大麥」*it*〈伊特〉
〈限定詞〉　穀物（總稱）、大麥

34.　二粒小麥穗
〈表形〉〈限定詞〉「二粒小麥」*bti*〈貝提〉、*bdt*〈貝提特〉

35.　穀物山
〈限定詞〉　堆疊起來之物、量、財產

36.　亞麻束
〈表音〉　*ḏr*〈傑爾〉
〈限定詞〉　用於「綁成一束」時

37.　亞麻束的古老形態
〈表音〉　*ḏr*〈傑爾〉

38.　亞麻束的古老形態
〈限定詞〉　亞麻、整頓、集合

39.　裝有水果及穀物的籃筐
〈限定詞〉　蔬菜、水果

40.　藺草束
〈表形〉「藺草」*isw*〈伊蘇〉
〈表音〉　*is*〈伊斯〉

41.　去除樹枝的木材
〈限定詞〉　樹、木材種類等

42.　花
〈表形〉　*wn*〈烏努〉〈威努〉

43.　葡萄棚架
〔注意表現方式〕葡萄棚架從側面、支柱從正面角度來呈現
〈限定詞〉「葡萄」及其相關事物，以及「水果」等

44.　刺
〈限定詞〉　刺
〈表意〉「銳利」、「尖銳」*spd*〈塞佩德〉

■ N 〔天體、大地、水〕

1.　天空
〈表形〉〈限定詞〉「天」、「空」*pt*〈佩特〉。也能單以這個符號來表示
〈限定詞〉　天空女神努特
〈表音〉　*ḥry*〈赫利〉、*ḥrw*〈赫魯〉

2.　天空與從天垂之物
〈表意〉〈限定詞〉「夜」*grḥ*〈葛雷夫〉
〈限定詞〉　夜、黑暗

3.　V-2 的古老形態
與 V-2 相同

4.　從天而降的露水
〈表形〉〈限定詞〉「露水」*iʾdt*〈伊阿迪特〉
〈限定詞〉　露水、雨水

5.　太陽
〈表形〉〈限定詞〉「太陽」*rʿ*〈拉〉
〈限定詞〉　太陽、日、白天、太陽運行、時間

6.　由蛇形標誌包覆的太陽
〈表意〉〈限定詞〉「太陽」*rʿ*〈拉〉

7.　太陽與肉店的石頭砧板（T-28）組合而成
〈表意〉「中午」、「白天」*ḥrt-ḥrw*〈喀雷特・喀魯〉

8.　陽光
〈限定詞〉　陽光、耀眼、上升
〈表意〉「（作為太陽神聖鳥的）老鷹」*ḥnmmt*〈赫涅美特〉

9.　缺少下半部的月亮
〈表意〉〈限定詞〉「新月與祭典」*psḏntyw*〈佩塞傑提烏〉
〈表音〉〈限定詞〉「九柱神」*psḏ*〈佩塞究〉

10.　N-9 的其他形態
與 N-9 相同

11. 新月
〈表形〉〈限定詞〉「月亮」*i'ḥ*〈伊阿夫〉
〈表意〉「1個月」*3bd*〈阿貝德〉
〈表音〉〈限定詞〉 *'ḥ*〈阿夫〉
〈表音〉〈限定詞〉「（掌寬單位）掌尺」*šsp*
〈謝塞普〉

12. N-11 的其他形態
〈表形〉〈限定詞〉「月亮」*i'ḥ*〈伊阿夫〉

13. 新月（N-11）的下半部與星星組合而成
〈表意〉「半月祭」*smdt*〈塞美迪特〉

14. 星星
〈表形〉〈限定詞〉「星星」*sb3*〈塞巴〉
〈限定詞〉 星星、星座、時間
〈表音〉 *sb3*〈塞巴〉、*dw3*〈杜阿〉
〈表意〉「時間」、「祭司」*wnwt*〈烏努特〉
〈威努特〉

15 帶有外圓的星星
〈表意〉〈限定詞〉「冥界」*dw3t*〈杜阿特〉或
d3t〈達特〉

16. 平地與沙粒
〈表意〉〈限定詞〉「大地」、「國家」*t3*〈塔〉。
也能單以這個符號來表示
〈限定詞〉 土地、領地、永遠
〈表音〉 *t3*〈塔〉

17. 平地
與 N-16 相同

18. 沙漠
〈表意〉「島」*iw*〈伊烏〉
〈限定詞〉 沙漠、外國

19. 疊起兩個 N-18（會寫得比其他符號還小）
只用於敘述「拉·哈拉胡提神（地平線上的荷魯斯）」的內容當中

20. 舌狀地
〈限定詞〉 土地、河堤
〈表音〉 *wḏb*〈烏傑布〉〈威傑布〉

21. 舌狀地
〈限定詞〉 土地、河堤、地區

22. 舌狀沙地
〈限定詞〉 土地、河堤

23. 灌溉用運河
〔注意表現方式〕 從上空鳥瞰的形狀
〈限定詞〉 大地、國家、邊界

24. 四周被灌溉用水路環繞的土地
〔注意表現方式〕 耕地上的運河如網格般環繞，呈現從上空鳥瞰的形狀
〈表意〉〈限定詞〉「地區」、「諾姆」（州）*sp3t*〈塞帕〉
〈限定詞〉 與地域、地方相關的事物

25. 荒蕪的岩山地區
〔注意表現方式〕 有如包圍綠色耕地般的廣大不毛景觀
〈表意〉〈限定詞〉「山地」、「沙漠」、「外國」*ḫ3st*〈卡塞特〉
〈限定詞〉 沙漠、山、外國、墓地、外國的地名等

26. 沙漠的岩山、丘陵
〈表形〉「山」*ḏw*〈究〉
〈表音〉 *ḏw*〈究〉

27. 從山谷升起的太陽
〈表形〉「地平線」*3ḫt*〈阿喀特〉

28. 日出前從山上透出陽光的景象
〈表形〉「日出之丘」、「（神、王）出巡」*ḫ'*〈卡〉
〈表音〉 *ḫ'*〈卡〉

29. 沙地的山丘斜坡
〈表形〉「山丘」、「高」*ḳ33*〈卡阿〉
〈表音〉 *ḳ*〈喀〉

30. 灌木茂密的山丘
〈表意〉〈限定詞〉「山丘」*i3t*〈伊阿特〉

31. 樹木生長在道路兩旁
〔注意表現方式〕 道路從正上方、灌木從側面角度來呈現
〈表形〉〈限定詞〉「道路」*w3t*〈瓦特〉
〈限定詞〉 道路、場所、距離感相關的事物
〈表音〉 *ḥr*〈赫爾〉、*w3*〈瓦〉

32. 黏土及堆肥的結塊
〈表音〉〈限定詞〉 *sin*〈斯印〉

33. 沙粒
〈限定詞〉 與「沙」、「金」、「果實、種子」、「藥」這類顆粒物、礦物相關的事物

33*. 3 顆沙粒
〈限定詞〉 複數

34. 金屬塊
〈表意〉「銅」*ḥmti*〈赫美提〉
〈限定詞〉 武器或工具這類金屬製品、銅或銅製品的意思

35. 波浪
〈表音〉 *n*〈努〉
〈表形〉「水」*nt*〈涅特〉（不常用到）

35*. 水（組合 3 個波浪符號）
〈表形〉「水」*mw*〈姆〉
〈限定詞〉「水」、「氾濫」、「尼羅河」、「喝」、「洗」等與水相關的事物

36. 運河
〈表形〉「運河」、「水路」*mr*〈美爾〉
〈表音〉 *mr*〈美爾〉
〈限定詞〉 河川、湖泊、大海、尼羅河

37. 庭園池塘
〔注意表現方式〕 從人工池塘上方俯瞰的形狀
〈表音〉 *š*〈修〉
〈表形〉「湖泊」、「池塘」*š*〈修〉

38. 周圍傾斜的庭園池塘
〔注意表現方式〕 從人工池塘上方呈現的形狀，與 N-37 相同

39. 裝滿水的庭園池塘
〔注意表現方式〕 從人工池塘上方呈現的形狀，與 N-37 相同

40. 庭園池塘與走路中的雙腳（N-37）組合而成
〈表意〉「前去」*šm*〈謝姆〉

41. 充滿水的水井
〈表音〉 *ḥm*〈赫姆〉、*biʾ*〈比阿〉
〈限定詞〉 水井、池塘、沼澤

42. 充滿水的水井
與 N-41 相同

▌▌▌ O 〔建築物及相關物件〕

1. 房屋
〔注意表現方式〕 從上方俯瞰的形狀
〈表音〉 *pr*〈佩爾〉
〈表形〉「房屋」*pr*〈佩爾〉
〈限定詞〉 房間、王宮、墳墓、地位、場所

2. 房屋與洋梨形棍棒（T-3）組合而成
〈表意〉「寶庫」、「白色房屋」*pr ḥḏ*〈佩爾·赫究〉

3. 房屋與船槳（P-8）、麵包（X-3）、啤酒瓶（W-22）組合而成
〈表意〉「口頭描述的供品」*prt ḫrw*〈佩雷特·喀魯〉

4. 用蘆葦搭建的草屋
〔注意表現方式〕 從上方俯瞰的形狀
〈表音〉 *h*〈夫〉
〈表形〉「房間」*h*〈夫〉

5. 彎曲的牆壁
〔注意表現方式〕 從上方俯瞰的形狀
〈限定詞〉 道路、渡過
〈表音〉 *mr*〈美爾〉、*nm*〈涅姆〉

6. 長方形平面四周的牆壁
〔注意表現方式〕 從上方俯瞰的形狀
〈表形〉「神殿」、「宮殿」、「宅邸」*ḥwt*〈夫特〉

7. 長方形平面四周的牆壁
與 O-6 相同

8. 長方形平面四周的牆壁與木製柱子（O-29）組合而成
〈表形〉「神殿」、「宮殿」*ḥwt-ʿt*〈夫特·阿特〉

9. 長方形平面四周的牆壁與簸箕（V-30）組合而成
〈表意〉「奈芙蒂斯女神」*Nbt-ḥwt*〈涅貝特·夫特〉。也能單以這個符號來表示

10. 長方形平面四周的牆壁與老鷹（G-5）組合而成
〈表意〉「哈索爾女神」*Ḥwt-ḥr*〈夫特·赫爾〉。也能單以這個符號來表示

11. 設有垛牆的宮殿
〈表意〉「宮殿」、「王宮」*ʿḥ*〈阿夫〉

12. 設有垛牆的宮殿，與手肘呈直角彎曲的手臂（D-36）組合而成
〈表意〉「宮殿」、「王宮」*ʿḥ*〈阿夫〉

13. 俯瞰垛牆四周牆壁的形狀
〈限定詞〉「大門」、「大廳」這類用來包圍或受到包圍的建築物

14. 俯瞰垛牆四周牆壁的部分形狀
與 O-13 相同

15. 俯瞰四周有支柱的牆壁，再和杯子（W-10）與麵包（X-1）組合而成
〈表形〉「（宮殿或神殿的）大廳」*wsḫt*〈烏塞喀特·威塞喀特〉

16. 飾有祈求守護的眼鏡蛇裝飾的門
〈表形〉〈限定詞〉「屏風」*tʾ*〈塔〉
〈表音〉 *tʾ*〈塔〉

17. O-16 的古老形態
與 O-16 相同

18. 側面觀看神龕的形狀
〈表形〉〈限定詞〉「神龕」、「祀堂」*kʾr*〈卡爾〉。也能單以這個符號來表示

19. 側面觀看古老神龕的形狀（上埃及的象徵之一）
〈限定詞〉 偉大的家（上埃及式的神龕）

20. 神龕（下埃及的象徵之一）
〈限定詞〉 至聖所、神龕、下埃及式的神龕（別名「炎之家」）

21. 側面觀看神龕的形狀
〈表形〉〈限定詞〉「淨化場所」（製作木乃伊的場所）*sḥ-nṯr*〈塞夫·涅切爾〉

22. 用支柱撐起的帳篷
〈表形〉〈限定詞〉「小屋」*sḥ*〈塞夫〉
〈表音〉 *sḥ*〈塞夫〉、*ḥʾb*〈哈布〉

23. 塞德節使用的神殿
〈表意〉〈限定詞〉「塞德節」（王位更新祭）、「祭典」*ḥb-sd*〈赫布·塞德〉

24. 有圍牆的金字塔
〈限定詞〉 金字塔、墳墓

25. 方尖碑
〈表形〉〈限定詞〉「方尖碑」*tḥn*〈提肯〉。也能單以這個符號來表示

26. 石碑
〈表形〉〈限定詞〉「石碑」*wḏ*〈烏究〉〈威究〉
也能單以這個符號來表示

27. 列柱室
〈限定詞〉「列柱室」、「辦公室」、「夜晚」（因為裡面很昏暗的緣故？）等
〈表音〉 *ḫ*ʾ〈卡〉

28. 上方有榫頭的石柱
〈表形〉「柱子」*iwn*〈伊溫〉
〈表音〉 *iwn*〈伊溫〉

29. 木製柱子 ※ 也常以直立形狀呈現
〈表形〉「柱子」*ʾ*〈阿阿〉
〈表音〉 *ʾ*〈阿阿〉

30. 支柱
〈表形〉〈限定詞〉「（天空的）支柱」*sḥnt*〈塞喀涅特〉。也能單以這個符號來表示

31. 門（橫放的形狀）
〈表形〉「門」*ʾ*〈阿阿〉。也能單以這個符號來表示
〈表音〉 *ʾ*〈阿阿〉
〈限定詞〉 打開

32. 從上方俯瞰門的形狀
〈表形〉〈限定詞〉「門」*sbꜣ*〈塞巴〉
〈限定詞〉 通道、門道、門

33. 從正面觀看王宮或初期墓穴的形狀
〈限定詞〉「塞拉赫」（Serekh，記錄荷魯斯名的王名框）

34. 門閂
〈表形〉「門閂」*s*〈斯〉
〈表音〉 *s*〈斯〉

35. 門閂與走路中的雙腳（D-54）組合而成
〈表音〉 *s*〈斯〉
〈表意〉「前往」*sbi*〈塞比〉

36. 牆壁
〔注意表現方式〕 從上方俯瞰的形狀
〈表音〉〈限定詞〉「牆壁」*inb*〈伊涅布〉。也能單以這個符號來表示

37. 傾倒的牆壁
〈限定詞〉 倒下、毀壞、傾斜

38. 牆角
〈限定詞〉 法庭、法院、門、角、角落

39. 切割下來的石塊
〈限定詞〉 石頭種類、「teben」（重量單位）、重

40. 階梯
〈限定詞〉 階梯、臺座

41. 雙邊階梯
〈限定詞〉 階梯、攀登

42. 圍牆
〈表音〉 *šsp*〈謝塞普〉

43. O-42 的古老形態
與 O-42 相同

44. 敏神殿的標誌
〈表意〉〈限定詞〉「職業」*iꜣt*〈伊阿特〉

45. 圓形屋頂的建築物
〈表意〉〈限定詞〉「後宮」（harem）*ipt*〈伊佩特〉〈歐佩特〉。也能單以這個符號來表示

46. U-45 的古老形態
與 O-45 相同

47. 位於希拉孔波利斯的史前時代建築
〈表意〉〈限定詞〉 希拉孔波利斯（Hierakonpolis）*Nḫn*〈涅肯〉

48. O-47 的其他形態
與 O-47 相同

49. 從具有交叉路口的城鎮上方觀看的形狀
〈表形〉「城鎮」*niwt*〈尼烏特〉
〈限定詞〉 埃及、城鎮、諾姆（州）

50. 脫穀用的圓形地面與穀粒
〈限定詞〉 脫穀用的地面
〈表音〉 *sp*〈塞普〉

51. 邊緣高高隆起的泥地與穀物之山
〈表形〉〈限定詞〉「穀倉」*šnwt*〈謝努特〉。也能單以這個符號來表示

▰▰▰ P 〔船及相關物件〕

1. 浮在水上的船隻
〈限定詞〉「船」、「旅行」、「渡過」、「順流而下」（往北行進）等與船隻相關的事物

1*. 翻覆的船隻
〈限定詞〉 翻覆

2. 揚起船帆的船隻
〈限定詞〉 溯流而上（往南行進）

3. 聖船
〈表形〉〈限定詞〉「聖船」*wiꜣ*〈烏伊阿〉。也能單以這個符號來表示
〈限定詞〉「太陽神的白晝之船」等聖船名稱、「（太陽神拉從天空）穿越」等

4. 裝載漁網的漁船
〈表意〉「漁夫」*wḥ*〈烏哈〉〈威哈〉

5. 船帆與帆柱
〈表意〉〈限定詞〉「風」、「呼吸」*ṯꜣw*〈恰烏〉
〈限定詞〉 與風相關的事物、船帆

6. 帆柱
〈表音〉 *ʾḥ*〈阿哈〉

7. 帆柱和手心朝上、手肘呈直角彎曲的手臂（D-36）組合而成
與 P-6 相同

8. 船槳
〈限定詞〉 船槳、船舵
〈表音〉 *ḫrw*〈喀魯〉

9. 船槳與頭上長角的毒蛇（I-9）組合而成
奠祭文內用來替文章結尾的符號

10. 船舵
〈限定詞〉船舵、船櫓

11. 繫船柱
〈限定詞〉繫船柱、使停泊、使結婚死亡

■ Q 〔家具・陪葬品〕

1. 王座
〈表形〉「王座」、「地位」*st*〈塞特〉
〈表音〉*st*〈塞特〉、*ʾs*〈阿斯〉、*ws*〈烏斯〉、
ḥtm〈赫提姆〉

2. 搬運用的椅子、轎子
〈表形〉「椅子」*st*〈塞特〉。也能單以這個符
號來表示
〈表音〉*ws*〈烏斯〉

3. 蘆葦墊
〈表形〉「墊子」*p*〈普〉
〈表音〉*p*〈普〉

4. 枕頭
〈限定詞〉枕頭

5. 收納箱
〈限定詞〉箱、櫃

6. 棺木
〈表形〉〈限定詞〉*ḳrsw*〈喀雷蘇〉。也能單
以這個符號來表示
〈限定詞〉埋葬

7. 火焰熊熊燃燒的火鉢
〈限定詞〉「料理」、「使溫暖」、「烤」等使用
火的行為

■ R 〔神廟的供品與神聖標誌〕

1. 擺放麵包與飲料瓶的供品台
〈表形〉〈限定詞〉「供品桌」*ḥ3wt*〈卡烏特〉。
也能單以這個符號來表示

2. 擺放麵包片的容器
〔注意表現方式〕容器從側面、麵包片從俯
勘角度來呈現
〈表形〉〈限定詞〉「供品桌」*ḥ3wt*〈卡烏特〉。
也能單以這個符號來表示

3. 擺放麵包與神酒瓶的容器
〈表形〉〈限定詞〉「供品桌」*wdḥw*
〈威德夫〉。也能單以這個符號來表示

4. 擺放麵包的蘆葦墊
〈表形〉「供品臺」*ḥtp*〈赫提普〉
〈表音〉*ḥtp*〈赫提普〉

---

5. 香爐
〈表形〉〈限定詞〉「焚香」*k3p*〈卡普〉
〈表音〉*k3p*〈卡普〉、*kp*〈喀普〉

6. 香爐
與 R-5 相同

7. 正在冒煙的香爐
〈表形〉〈限定詞〉「香料」*sntr*〈塞恩提爾〉
〈塞涅提爾〉

8. 神標（繫上布料的柱子）
〈表意〉「神」*nṯr*〈涅切爾〉
〈限定詞〉神祇

9. 神標與亞麻袋（V-33）組合而成
〈表意〉〈限定詞〉「一種天然碳酸鈉 ？」*bd*
〈貝德〉

10. 神標、肉店的石頭砧板（T-28）、沙漠陡
坡（N-29）組合而成
〈表意〉「墳墓」、「大墓地」（necropolis）*ḥrt-
nṯr*〈喀雷特・涅切爾〉。也能單以這個符號來
表示

11. 結合穀物根莖的柱子
〈表形〉「節德柱」*dd*〈傑德〉
〈表音〉*dd*〈傑德〉

12. 懸掛神聖之物的旗竿
※ 主要和各種神標同時使用
〈限定詞〉旗竿

13. 老鷹（G-5）佇留在懸掛神聖之物且附上
羽毛（R-12）的旗竿上
〈表意〉*imnt*〈阿蒙特〉
〈表意〉「右」、「右手」*imn*〈阿蒙〉

14. 附於標誌上的羽毛（R-12）。R-13 的簡
寫 ？
〈表意〉「西方」*imnt*〈阿蒙特〉
〈表意〉「右」、「右手」*imn*〈阿蒙〉

15. 裝飾長槍的標誌
〈表意〉「東」*i3bt*〈伊阿貝特〉

16. 附有兩根羽毛的紙莎草形神標
〈表意〉〈限定詞〉「在上埃及的 Cusae 被奉
為神祇之人」*wḥ*〈烏喀〉〈威喀〉

17. 繫上頭帶和羽毛的神標
阿拜多斯祭祀之物
〈表意〉〈限定詞〉「阿拜多斯的諾姆（州）」
t3-wr〈塔・烏爾〉

18. R-17 的其他形態
與 R-17 相同

19. 瓦思權杖（S-40）和羽毛（R-12）
〈表意〉「路克索（底比斯）」*W3st*〈瓦塞特〉。
也能單以這個符號來表示

20. 牛角覆蓋花朵的形狀 ？
〈表意〉主掌書寫的女神（塞莎特女神）標誌
Sš3t〈塞夏特〉

21. R-20 的古老形態
與 R-20 相同

22. 敏神的標誌（門閂？）
〈表意〉「敏神」*Mnw*〈美努〉
〈表音〉*ḥm*〈喀姆〉
〈表音〉下埃及的萊托波里斯（Letopolis，
Ausim）*Ḥm*〈喀姆〉

23. R-22 的古老形態
與 R-22 相同

24. 從包袱兩頭露出 2 張弓箭的兩端
〈表意〉〈限定詞〉「涅伊特女神」*Nit*〈涅
特〉。也能單以這個符號來表示

25. R-24 的古老形態
與 R-24 相同

■■ S〔頭冠、衣裝、手杖〕

1. 上埃及的白冠
〈表形〉〈限定詞〉「（上埃及王的）白冠」
ḥdt〈赫傑特〉。也能單以這個符號來表示
〈限定詞〉白冠（發音為 hedjet 之外時）

2. 上埃及的白冠與簀筐（V-30）組合而成
〈表形〉〈限定詞〉「（上埃及王的）白冠」*ḥdt*
〈赫傑特〉。也能單以這個符號來表示
〈限定詞〉白冠（發音為 hedjet 之外時）

3. 下埃及的紅冠
〈表形〉〈限定詞〉「（下埃及王的）紅冠」*dšrt*
〈迪謝雷特〉。也能單以這個符號來表示
〈限定詞〉紅冠（發音為 *dšrt* 之外時）
〈表音〉*n*〈努〉

4. 下埃及的紅冠與簀筐（V-30）組合而成
〈限定詞〉紅冠
〈表音〉*n*〈努〉

5. 雙重王冠
〈限定詞〉雙重王冠

6. 雙重王冠與簀筐（V-30）組合而成
〈表形〉〈限定詞〉「雙重王冠」*shmti*〈塞喀
美提〉。也能單以這個符號來表示
〈限定詞〉王冠

7. 藍冠（戰鬥帽？）
〈表形〉〈限定詞〉「藍冠」*ḫprš*〈喀佩雷修〉。
也能單以這個符號來表示

8. 阿提夫冠
〈表形〉〈限定詞〉「阿提夫冠」*ỉtf*〈阿提夫〉。
也能單以這個符號來表示

9. 兩片羽毛裝飾
〈表形〉〈限定詞〉「兩片羽毛」*šwty*〈修提〉。
也能單以這個符號來表示

10. 頭巾（髮箍）
〈表形〉〈限定詞〉「髮箍」*wỉḥw*〈瓦夫〉

11. 兩端設計成鷹頭圖案的串珠胸飾
〈表形〉〈限定詞〉「烏瑟克型的胸飾」
（Usekh type）*wsḫ*〈烏塞喀〉〈威塞喀〉

12. 串珠胸飾（黃金標誌）
〈表意〉「黃金」*nbw*〈涅布〉
〈限定詞〉純金、銀

13. 串珠胸飾與腳（D-58）組合而成
〈表意〉「貼金箔」*nbi*〈涅比〉

14. 串珠胸飾與洋梨形棍棒（T-3）組合而成
〈表意〉「銀」*ḥd*〈赫究〉

14*. 串珠胸飾與瓦思權杖（S-14）組合而成
〈表意〉「琥珀金」（electrum，金和銀的天然
合金。與質地較軟的黃金相比，為珍貴的硬
寶石）*ḏ'm*〈加姆〉

15. 彩陶的串珠胸飾
〈表意〉〈限定詞〉「彩釉（faience）」*tḥnt*
〈切赫涅特〉

16. S-15 的古老形態
與 S-15 相同

17. S-15 的古老形態
與 S-15 相同

17*. 腰帶
〈表音〉*šsm*〈謝塞姆〉
〈表意〉Shesmetet 女神
Šsmtt〈謝塞美提特〉

18. 附有秤錘的串珠項鍊
〈表形〉〈限定詞〉「串珠項鍊（Menat）」
mnit〈美尼特〉

19. 附有圓筒印章的串珠項鍊
〈表意〉「寶庫長」、「出納官」*sḏꜣwty*〈塞加
烏提〉。也能單以這個符號來表示

20. 附有圓筒印章的串珠項鍊
〈表意〉〈限定詞〉「印章」、「封印」
ḫtm〈喀提姆〉。也能單以這個符號來表示
〈限定詞〉印章、封印

21. 戒指
〈限定詞〉環

22. 套起來的臂章？
〈表音〉*st*〈塞丘〉、*st*〈塞特〉
〈表意〉「左舷」*tꜣ-wr*〈塔・烏爾〉

23. 綁起來的布
〈表形〉〈限定詞〉「綁起來」、「綁繃帶」*dmḏ*
〈迪美究〉

24. 打結的帶子
〈表形〉「結」*tst*〈切塞特〉
〈表音〉*ts*〈切斯〉

25. 腰布？內褲？
〈限定詞〉腰布

26. 腰布
〈表形〉〈限定詞〉「腰布」*šnḏwt*〈謝修特〉

N-18. 衣服
〈表形〉〈限定詞〉「圍裙」*dˀiw*〈達伊烏〉

27. 附有纓穗的布
〈表形〉〈限定詞〉「紡織品」*mnḥt*〈美喀特〉
（美涅喀特）。也能單以這個符號來表示

28. 附有纓穗的布與掛起來的布（S-29）組合而成
〈限定詞〉布、衣服、穿、赤身裸體、覆蓋、隱藏

29. 掛起來的布
〈表音〉*s*〈斯〉
〈表意〉「健康」*snb*〈塞涅布〉

30. 掛起來的布與頭上長角的毒蛇（I-9）組合而成
〈表音〉*sf*〈塞夫〉

31. 掛起來的布與鐮刀（U-1）組合而成
〈表音〉*smˀ*〈塞瑪〉

32. 附有纓穗的布片
〈表形〉〈限定詞〉「布片」*siˀt*〈西阿特〉
〈表音〉*siˀ*〈西阿〉

33. 涼鞋
〈表形〉〈限定詞〉「涼鞋」*ṯbt*〈切貝特〉
〈表音〉*ṯb*〈切布〉

34. 涼鞋鞋帶
〈表音〉*ʿnḥ*〈安喀〉
〈表形〉「涼鞋鞋帶」*ʿnḥ*〈安喀〉
〈表意〉「生命」*ʿnḥ*〈安喀〉

V-39. 繩結（提耶特護身符）
〈表形〉「提耶特護身符」*tit*〈提特〉
〈表語〉〈限定詞〉「旗標」*sryt*

35. 鴕鳥羽毛製成的遮陽板
〈表形〉「陰影」、「影子」*šwt*〈修特〉

36. S-35 的古老形態
〈表意〉「Hepwi 神」*Hpwi*〈赫普伊〉

37. 短柄扇子
〈表形〉〈限定詞〉「扇子」*ḥw*〈庫〉

38. 權杖（赫卡）
〈表形〉〈限定詞〉「權杖」*ḥkˀ*〈赫卡〉
〈表音〉*ḥkˀ*〈赫卡〉

39. 握把彎曲的手杖（牧童驅趕家畜時使用的手杖）
〈表音〉*ʿwt*〈阿烏特〉

40. 附有賽特頭部的手杖
〈表形〉〈限定詞〉「瓦思權杖」*wˀs*〈瓦思〉
〈表音〉*wˀs*〈瓦思〉、*ḏˀm*〈加姆〉、*wˀb*〈瓦布〉

41. 附有賽特頭部，握柄呈螺旋狀的手杖
〈表音〉*ḏˀm*〈加姆〉

42. 象徵權威的權杖（Aba 權杖）
〈表形〉〈限定詞〉「Aba 權杖」*bˀ*〈阿巴〉
〈表意〉〈限定詞〉「統治」*ḥrp*〈喀雷普〉
〈表音〉*sḥm*〈塞喀姆〉、*ˀbˀ*〈阿巴〉

43. 手杖
〈表形〉「手杖」*mdw*〈美杜〉
〈表音〉*md*〈美德〉或 *mdw*〈美杜〉

44. 附有連枷（S-45）的手杖
〈表形〉〈限定詞〉「Ames 權杖」*ˀms*〈阿美斯〉

45. 脫穀用連枷
〈表形〉〈限定詞〉「連枷（Nekhakha）」*nḥˀḥˀ*〈涅卡卡〉

▀▀▀ T 〔武器、狩獵、肉店工具〕

1. 頭部為史前時代器具形狀的棍棒
〈表音〉*mn*〈美恩〉、*mnw*〈美努〉

2. 洋梨形棍棒（往下揮打的樣子）
〈限定詞〉打倒

3. 洋梨形棍棒
〈表形〉「棍棒」*ḥḏ*〈赫究〉
〈表音〉*ḥḏ*〈赫究〉

4. 繫上繩子的洋梨形棍棒
與 T-3 相同

5. 洋梨形棍棒與眼鏡蛇（I-10）組合而成
與 T-3 相同

6. 洋梨形棍棒與兩條眼鏡蛇（I-10）組合而成
〈表音〉*ḥḏḏ*〈赫傑究〉

7. 斧頭
〈限定詞〉斧頭、砍
〈表意〉「木匠」、「造船工匠」*mḏḥ*〈美傑夫〉。
也能單以這個符號來表示

7*. 新型斧頭（中王國時期第 12 王朝以後）
〈限定詞〉斧頭

8. 舊型短刀
〈限定詞〉短刀
〈表音〉*tp*〈提普〉

8*. 新型短刀（中王國時期以後）
〈限定詞〉短刀

129

左欄

9. 羚羊角與木弓
〈表意〉〈限定詞〉「弓」*pḏt*〈佩傑特〉
〈表音〉*pḏt*〈佩傑特〉，後來的時代改為 *pd*〈佩德〉

10. 弓弦綁在中間無法使用的弓
〈限定詞〉弓、外國人、弓箭手

Aa-32. 弓的古老形態
〈表語〉「努比亞」*Tȝ sti*〈塔·塞提〉
〈表語〉努比亞生產的礦物 *sti*〈塞提〉

11. 弓箭
〈限定詞〉弓箭
〈表音〉〈限定詞〉*sšr*〈塞謝爾〉、*shr*〈塞喀爾〉
〈表音〉〈限定詞〉*sin*〈斯印〉、*swn*〈斯溫〉

12. 弓弦
〈表意〉〈限定詞〉「弦」*rwd*〈魯德〉或 *rwd*〈魯究〉
〈表音〉*rwd*〈魯德〉或 *rwd*〈魯究〉
〈表音〉〈限定詞〉*ȝr*〈阿爾〉、*ȝi*〈阿伊〉

13. 兩根合在一起的木片
〈表意〉「覺醒中」、「不可大意」*rs*〈雷斯〉
〈表音〉*rs*〈雷斯〉

14. 擲棍（捕鳥工具）
〈限定詞〉「投擲」、「創造」等意思，以及「亞洲人」、「努比亞人」等與外國人相關的事物

15. T-14 的古老形態
與 T-14 相同

16. 埃及鐮形刀（Khopesh）
〈限定詞〉埃及形刀

17. 戰車
〔注意表現方式〕車身從側面、連接馬的部分從俯勘角度來呈現
〈表意〉〈限定詞〉「戰車」*wrrt*〈烏雷雷特〉（威雷特）。也能單以這個符號來表示

18. 刀子等行李綁在握把彎曲的手杖上
〈表語〉「跟隨」、「侍從」*šms*〈謝美斯〉

19. 骨製魚叉
〈限定詞〉骨頭、魚叉、象牙、握柄
〈表音〉*ḳs*〈喀斯〉、*krs*〈喀雷斯〉、*gn*〈葛恩〉

20. T-19 的古老形態
與 T-19 相同

21. 只有 1 個倒勾的魚叉
〈表語〉〈限定詞〉「（數字）1」、「唯一的」*wȝ*〈瓦〉

22. 有 1 對倒勾的魚叉
〈表語〉〈限定詞〉（數字）2、兄弟
〈表音〉*sn*〈塞恩〉

右欄

23. 有 1 對倒勾的魚叉
與 T-22 相同

24. 漁網
〈限定詞〉網子
〈表音〉*ỉḥ*〈阿夫〉或 *iḥ*〈伊夫〉

25. 以蘆葦編織而成的小船
〔注意表現方式〕從上方俯瞰整體的形狀
〈表意〉「蘆葦小船」*dbȝ*〈傑巴〉
〈表音〉*dbȝ*〈傑巴〉或 *dbȝ*〈迪巴〉

26. 捕鳥陷阱
〈表意〉〈限定詞〉「陷阱」、「用陷阱捕捉」*sht*〈塞喀特〉

27. T-26 的古老形態
與 T-26 相同

28. 肉店的石頭砧板
〈表音〉*ḥr*〈喀爾〉
〈表語〉「在～身旁」、「在～之下」*ḥr*〈喀爾〉

29. 刀子（T-30）與肉店的石頭砧板（T-28）組合而成
〈表音〉「屠宰場」*nmt*〈涅美特〉

30. 刀子
〈限定詞〉銳利、切割、殺死
〈表意〉「刀子」*dmt*〈迪美特〉

31. 把刀刃磨利的工具？
〈表音〉*sšm*〈塞謝姆〉

32. 把刀刃磨利的工具與走路中的雙腳（D-54）組合而成
〈表音〉*sšm*〈塞謝姆〉

33. 把肉店的菜刀磨利的工具
〈表音〉*sšm*〈塞謝姆〉

34. 肉店的菜刀
〈表意〉「菜刀」*nm*〈涅姆〉
〈表音〉*nm*〈涅姆〉

35. 肉店的菜刀
與 T-34 相同

 U〔農耕工具、手工業工具〕

1. 鐮刀
〈表音〉*mȝ*〈瑪〉
〈表音〉鐮刀握把造型的船尾
〈限定詞〉鐮刀、彎曲

2. U-1 的其他形態
與 U-1 相同

3. 鐮刀與眼睛（D-4）組合而成
〈表音〉*mȝ*〈瑪〉或 *mȝȝ*〈瑪阿〉

4. 鐮刀與臺座？（Aa-12）組合而成
〈表音〉*mȝȝ*〈瑪阿〉

5. U-4 的其他形態
與 U-4 相同

6. 鋤頭
〈限定詞〉 耕作、破壞、鋤頭
〈表音〉 *mr*〈美爾〉

7. U-6 的其他形態
與 U-6 相同

8. 沒有用繩子綁住握柄與齒耙的鋤頭
〈表意〉「鋤頭」*ḥnn*〈赫涅努〉
〈表音〉 *ḥn*〈赫努〉

9. 從量器灑出來的穀物
〈限定詞〉 穀物總稱、種類、測量

10. U-9 與穀物（M-33）組合而成
〈表意〉「大麥」*it*〈伊特〉
〈限定詞〉 穀物總稱、種類等（新王國時期第
18 王朝以後，用來取代 U-9）

11. U-9 與赫卡權杖（S-38）組合而成
〈表語〉「Hekat（容量單位）」*ḥḳ3t*〈赫卡特〉

12. U-9 與手指（D-50）組合而成
〈表語〉「Hekat（容量單位）」*ḥḳ3t*〈赫卡特〉

13. 牛隻拖動的犁
〈限定詞〉 果實、種子、犁、耕作
〈表音〉 *ḥb*〈赫布〉、*šnꜥ*〈謝那〉

14. 兩根樹枝的一端綁在一起
〈表音〉 *šnꜥ*〈謝那〉

15. 拖板
〈表音〉 *tm*〈提姆〉

16. 飾以胡狼頭、運送金屬塊的拖板
〈限定詞〉 拖板
〈表音〉 *bi3*〈比阿〉

17. 用鎬挖掘水池
〈表意〉「確立」、「具備」*grg*〈葛雷葛〉
〈表音〉 *grg*〈葛雷葛〉

18. U-17 的古老形態
與 U-17 相同

19. 斧頭
〈表音〉 *nw*〈努〉

20. U-19 的古老形態
與 U-19 相同

21. 用斧頭砍木頭的樣貌
〈表音〉 *stp*〈塞提普〉

22. 鑿子
〈限定詞〉 鑿子、雕刻、樣式（做法）
〈表音〉 *mnḥ*〈美涅喀〉

23. 鑿子？
〈表音〉 *mr*〈美爾〉、*3b*〈阿布〉

24. 上方帶有石頭秤錘的石匠鑽子
〈表語〉「技術」、「藝術」、「工匠」
ḥmt〈赫美特〉

25. U-24 的古老形態
與 U-24 相同

26. 用來在串珠上開孔的鑽子
〈表意〉「打開」*wb3*〈烏巴〉〈威巴〉

27. U-26 的古老形態
與 U-26 相同

28. 點火棒
〈表意〉 *d3*〈加〉
〈表意〉「點火棒」*d3*〈加〉
〈表語〉「幸福」、「繁榮」*wd3*〈烏加〉

29. U-28 的古老形態
與 U-28 相同

30. 烘烤陶器的烤窯
〈表音〉 *t3*〈塔〉
〈表意〉「烤窯」*t3*〈塔〉

31. 麵包烤窯所使用的工具
〈表意〉〈限定詞〉「烤麵包師傅」*rthty*〈雷
提赫提〉
〈表語〉〈限定詞〉「抑制」*ḥni*〈喀尼〉、「後
宮」*ḥnt*〈喀涅特〉
〈限定詞〉 抑制、牢房

32. 搗杵與研缽
〈限定詞〉 重、壓碎、粉
〈表音〉 *smn*〈塞美努〉

33. 搗杵、研磨棒
〈表意〉「乳房」、「研磨棒」*tit*〈提特〉
〈表音〉 *ti*〈提〉、*t*〈圖〉、*t*〈丘〉

34. 紡錘
〈表意〉「紡紗」*ḥsf*〈喀塞夫〉
〈表音〉 *ḥsf*〈喀塞夫〉

35. 紡錘與頭上長角的毒蛇（I-9）組合而成
〈表音〉 *ḥsf*〈喀塞夫〉

Aa-23. 橫掛在兩根柱子上的線？
〈限定詞〉 按壓、命中

Aa-24. Aa-23 的古老形態
與 Aa-23 相同

36. 洗衣棒
〈表音〉 *ḥm*〈赫姆〉
〈表語〉「洗衣工」*ḥmww*〈赫姆烏〉

37. 刮鬍刀
〈限定詞〉 剃

38. 天平
〈表意〉〈限定詞〉「天平」*mḥ3t*〈美卡特〉

39. 天平支柱
〈限定詞〉 支柱、拿起、戴（頭冠）（秤）重量
〈表音〉 *wts*〈烏切斯〉〈威切斯〉、*ts*〈切斯〉

40. U-39 的僧侶體（宗教文字）
與 U-39 相同

41. 天平使用的秤錘
〈限定詞〉秤錘

▉ V 〔繩子、簍筐、袋子〕

1. 繩子
〈限定詞〉「繩子」、「繫結」、「加入」等使用繩子的事物
〈表音〉 *šn*〈謝恩〉
〈表意〉「100」*št*〈謝特〉

2. 門閂（O-34）與拉開門閂的繩子
〈表意〉「拉」、「導入」*sṯꜣ*〈塞恰〉
〈表音〉 *sṯꜣ*〈塞恰〉
〈限定詞〉加快、使加快

3. 綁著 3 條繩子之物（與 V-2 相同）
〈表音〉 *sṯꜣw*〈塞恰烏〉

4. 套索
〈表音〉 *wꜣ*〈瓦〉

5. 圍成一圈的繩子
〈限定詞〉計畫、興建（房屋等建築）

6. 細繩
〈表音〉 *šs*〈謝斯〉、*ssr*〈塞謝爾〉
〈表形〉「串」*šs*〈謝斯〉
〈限定詞〉包起、裹上、衣服

7. 細繩
〈表音〉 *šn*〈謝恩〉

8. V-7 的其他形態
與 V-7 相同

9. 象形繭的原形
〈限定詞〉象形繭（橢圓形的王名框）

10. 象形繭
〈限定詞〉包圍、名字

11. 半個象形繭
〈限定詞〉堵著、壓制、分開

12. 細繩
〈限定詞〉捆綁、放鬆、紙莎草卷軸、書信
〈表音〉 *'rḳ*〈阿雷喀〉、*fḫ*〈菲喀〉

13. 繫住家畜的繩子
〈表音〉 *ṯ*〈丘〉或 *ṯ*〈圖〉

14. 在 V-13 加上記號
〈表音〉 *ṯ*〈丘〉或 *ṯ*〈圖〉

15. 繫住家畜的繩子，與走路中的雙腳（D-54）組合而成
〈表意〉「拿走」、「奪取」*iṯi*〈伊丘伊〉

16. 作為家畜腳鐐的繩子
〈表音〉 *sꜣ*〈沙〉
〈表形〉作為腳鐐的繩子 *sꜣ*〈沙〉

17. 折疊起來的紙莎草遮蔽物（牧人的遮陽物、漁夫的救命工具）
〈表意〉「守護」*sꜣ*〈沙〉

18. V-17 的古老形態
與 V-17 相同

19. 家畜的腳鐐
〈表形〉〈限定詞〉「（牛或馬的）家畜小屋」*mdt*〈美傑特〉
〈限定詞〉坐墊、簍筐、一捆、櫥櫃
〈表音〉 *tmꜣ*〈切瑪〉、*tmꜣ*〈提瑪〉

20. 家畜的腳鐐
〈表音〉 *mḏ*〈美究〉
〈表意〉「10」*mḏ*〈美究〉

21. 家畜的腳鐐與眼鏡蛇（I-10）組合而成
〈表音〉 *mḏ*〈美究〉

22. 鞭子
〈表音〉 *mḥ*〈美夫〉

23. V-22 的古老形態
與 V-22 相同

24. 纏繞細線的棒子
〈表音〉 *wd*〈烏究〉〈威究〉

25. V-24 的古老形態
與 V-24 相同

26. 纏線板
〈表形〉「纏線板」*'ḏ*〈阿究〉
〈表音〉 *'ḏ*〈阿究〉、*'ḏ*〈阿多〉、*'nḏ*〈安究〉〈阿涅究〉

27. V-26 的古老形態
與 V-26 相同

28. 亞麻線搓成的細繩
〈表音〉 *ḥ*〈夫〉

29. 以纓穗製成的抹布（拖把？）
〈限定詞〉擦拭、躲避、驅趕
〈表音〉 *sk*〈塞喀〉、*wꜣḥ*〈瓦夫〉

30. 簍筐
〈表音〉 *nb*〈涅布〉
〈表形〉「簍筐」*nbt*〈涅貝特〉

31. 附有握把的簍筐
〈表音〉 *k*〈喀〉

31*. 附有握把的簍筐
僧侶體中用來取代 V-31

32. 稻草編織而成的簍筐
〈限定詞〉射出魚叉的人、貢品、包袱、狹窄
〈表音〉 *msn*〈美塞恩〉、*gꜣw*〈高烏〉

33. 亞麻袋
〈表意〉「亞麻布」*ssr*〈塞謝爾〉
〈限定詞〉結合、籠罩、衣服
〈表音〉 *ssr*〈塞謝爾〉、*šs*〈謝斯〉、*g*〈葛〉

34. V-33 的其他形態
與 V-33 相同

35. V-34 的古老形態
與 V-33 相同

36. 容器
〈表形〉「容器」ḥn〈亨〉
〈表音〉ḥn〈亨〉

37. 繃帶？
〈表音〉idr〈伊德爾〉

38. 繃帶？
〈限定詞〉製作木乃伊的繃帶

W 〔石製容器、陶器〕

1. 密封的香油瓶
〈限定詞〉各式油料或香油的意思

2. 密封的香油瓶
〈限定詞〉香油瓶
〈表音〉bⁱs〈巴斯〉

3. 淨化儀式所使用的雪花石膏容器
〈限定詞〉雪花石膏、祭典
〈表音〉ḥb〈赫布〉

4. 雪花石膏容器與帳篷（O-22）組合而成
〈表意〉〈限定詞〉「祭典」ḥb〈赫布〉
〈限定詞〉「祭典」或祭典相關的事物

5. 雪花石膏容器與肉店的石頭砧板（T-28）組合而成
〈表意〉「朗誦祭司」ḥry ḥbt〈喀里・赫貝特〉

6. 古王國時期的特殊容器
〈限定詞〉大鍋

7. 花崗岩容器
〈限定詞〉紅色花崗岩、象島（紅色花崗岩的產地）
〈表音〉mⁱt〈瑪丘〉或mⁱt〈瑪特〉、ⁱb〈阿布〉

8. W-7 的變形（第12王朝）
與 W-7 相同

9. 附有握把的石瓶
〈表音〉ḥnm〈喀涅姆〉

10. 杯子
〈限定詞〉杯子、鉢
〈表音〉iⁱb〈伊阿布〉、ⁱb〈阿布〉、wsḥ〈烏塞喀〉、sḥw〈塞庫烏〉、ḥnt〈赫涅特〉

10*. 杯形煤油燈
〈表音〉bⁱ〈巴〉

11. 立起瓶子的臺座
〈表音〉g〈估〉
〈表意〉〈限定詞〉「座位」、「王座」nst〈涅塞特〉

12. 立起瓶子的臺座
與 W-11 相同

13. 紅色陶器
〈表形〉〈限定詞〉「（用紅色花崗岩製作的）紅色容器」dšrt〈底謝雷特〉

14. 高腳水瓶
〈表形〉〈限定詞〉ḥst〈赫塞特〉
〈表音〉ḥs〈赫斯〉
〈限定詞〉類似高腳瓶形狀的容器

15. 水從瓶中流出
〈限定詞〉冰冷、變冷、冷靜

16. 瓶子擺放在臺座上並流出水
〈表意〉〈限定詞〉「神酒」、「貢酒」ḳbḥ〈喀貝夫〉
〈表意〉〈限定詞〉「冷水」ḳbb〈喀貝布〉

17. 收在架子上的水瓶
〈表音〉ḥnt〈肯特〉〈喀涅特〉
〈表形〉「擺放水瓶的架子」ḥntw〈肯圖〉〈喀涅圖〉

18. W-17 的古老形態
與 W-17 相同

19. 置於網中搬運的牛奶瓶
〈表音〉mi〈密〉，古時候讀作 mr〈美魯〉
〈限定詞〉牛奶瓶

20. 以葉子作為瓶蓋的牛奶瓶
〈限定詞〉牛奶

21. 兩個一組的酒瓶
〈限定詞〉葡萄酒

22. 啤酒瓶
〈表形〉〈限定詞〉「啤酒」ḥnḳt〈赫涅喀特〉
〈限定詞〉容器、油、蜂蜜、酒醉
〈表意〉「管家」wdpw〈烏得普烏〉〈威得普烏〉

23. 附有握把的陶瓶
〈限定詞〉瓶子、沒藥
〈表意〉「管家」wdpw〈烏得普烏〉〈威得普烏〉

24. 圓形底部的容器
〈表音〉nw〈努〉、in〈印〉

25. 圓形底部的容器與走路中的雙腳（D-54）組合而成
〈表意〉用於「帶去」、「搬運」ini〈伊尼〉等單字上

X 〔麵包〕

1. 麵包
〈表形〉「麵包」t〈圖〉
〈表音〉t〈圖〉

2. 麵包

〈限定詞〉 麵包總稱、麵包種類

3. 麵包

〈限定詞〉 麵包總稱、麵包種類

4. 細長麵包

〈限定詞〉 麵包、食糧、供品、報酬
〈表音〉 *sn*〈先〉、*fk^{j}t*〈非卡〉

5. X-4 的僧侶體〈限定詞〉 麵包、食糧、供品、報酬

〈表音〉 *sn*〈先〉

6. 有指痕的麵包

〈限定詞〉〈供品用〉麵包
〈表音〉〈限定詞〉 *p^{c}t*〈帕特〉

7. 切成一半的麵包

〈限定詞〉 食糧、吃

8. 圓錐形麵包？（麵包堆疊成圓錐狀？）

〈表意〉「賜予」*rdi*〈魯迪〉〈雷迪〉或 *di*〈迪〉
〈表音〉 *d*〈圖〉

Y〔筆記用具、樂器、遊戲〕

1. 封住的紙莎草捲軸

〈表形〉「紙莎草捲軸」、「書信」*md^{j}t*〈美加特〉
〈限定詞〉「書寫」、「書籍」、「書信」、無法用具體形狀呈現的「知道」等

2. Y-1 的古老形態

與 Y-1 相同

3. 書記的筆記用具（調色板、水瓶、筆、盒子）

〈表意〉 書寫、書籍、書信、符號 *sš*〈塞修〉
〈表意〉「平滑的」、「順利的」、「使平滑」、「使順利」*n^c*〈納阿〉、*sn^c*〈塞納阿〉

4. 書記的筆記用具（調色板、水瓶、筆、盒子）

與 Y-3 相同

5. 塞尼特棋的棋盤與棋子

〔注意表現方式〕 棋盤從上方、棋子從側面的角度來呈現
〈表音〉 *mn*〈面〉

6. 棋子

〈表音〉〈限定詞〉「遊戲棋子」*ib*〈伊布〉
〈表音〉 *ib^j*〈伊巴〉

7. 豎琴

〈限定詞〉 豎琴

8. 叉鈴

〈表音〉 *shm*〈塞喀姆〉
〈表形〉〈限定詞〉「叉鈴」*sššt*〈塞謝謝特〉

Z〔線條、幾何符號、祭司符號〕

1. 1 條直線

〈表意〉「（數字）1」*w^c*〈瓦〉
※ 表現符號及其本身意義時

2. 3 條直線

※ 表現複數事物時用於句尾

3. 3 條直線

與 Z-2 相同

4. 2 條斜線

※ 加在「雙手」、「兩端」等雙數事物的句尾
〈表音〉 *i*〈伊〉

5. 彎曲斜線

有時會用來取代表示人類的符號

6. 取代 A-13、A-14 的僧侶體

〈限定詞〉 死亡、敵人

7. 取代 G-43 的僧侶體

8. 橢圓

〈限定詞〉 轉圈、圍繞

9. 互相交叉的兩條線

〈限定詞〉 損壞、橫切、打開、區分、切開、放置、栽種、投擲、發生、回答
〈表音〉 *sw^j*〈思瓦〉、*sd*〈塞居〉、*hbs*〈喀貝斯〉、*šbn*〈謝班〉、*wp*〈瓦普〉〈威普〉、*wr*〈烏魯〉

10. Z-9 的古老形態

與 Z-9 相同

11. 兩片交叉的板子

〈表音〉 *imi*〈伊密〉

Aa〔意義不明・無法分類的符號〕

1. 人類胎盤？

〈表音〉 *h*〈庫〉

2. 疣？腫包？

〈限定詞〉「痛苦」、「肥胖」、「腫起來」等身體不適、疾病相關的事物，以及「排泄物」
〈表音〉「浮雕」*hpw*〈喀普烏〉
〈表音〉「計算」*hsb*〈赫塞布〉
〈表音〉 *wh^j*〈烏哈〉〈威哈〉、*g^j*〈嘎〉

3. 從疣或腫包中流出液體？

〈限定詞〉 香氣、味道、內臟

4. 與 W-10* 相同

5. 船舵的購件？

〈表形〉〈限定詞〉「船櫓」*hpt*〈赫佩特〉
〈表音〉 *hp*〈赫普〉

6.　用途不明的工具（不同於 S-23）
〈表音〉 *tm³*〈特瑪〉、*ṯm³*〈切瑪〉
〈限定詞〉鋪的東西

7.　用途不明的工具（武器？）
〈表意〉「打倒」、「討伐」*sḳr*〈塞喀爾〉
〈表意〉*sḳr*〈塞喀爾〉

8.　運河？
〈表形〉〈限定詞〉「地區」、「領地」*d³tt*〈加提特〉
〈表音〉*ḳn*〈肯〉

9.　用途不明的工具
〈限定詞〉豐富的

10.　？
〈限定詞〉書籍

11.　臺座？
〈表音〉*m³ˁ*〈瑪阿〉
〈表意〉用來表示「誠實為善之人」*m³ˁ ḫrw*〈瑪阿・喀魯烏〉
〈限定詞〉臺座

12.　Aa-11 的古老形態

13.　某種東西的一半
〈表音〉*im*〈伊姆〉、*m*〈姆〉、*gs*〈蓋斯〉
〈表意〉〈限定詞〉「半身」*imw*〈伊姆烏〉

14.　Aa-13 的古老形態

15.　Aa-13 的後來形態

16.　Aa-13 的較短形態
〈表音〉*gs*〈蓋斯〉
〈表意〉「～旁」、「腋下」、「一半」*gs*〈蓋斯〉

17.　背後
〈表形〉「背後」、「後面」*s³*〈沙〉
〈表音〉*s³*〈沙〉

18.　背後
與 Aa-17 相同

19.　用途不明的工具
〈表音〉〈限定詞〉*ḥr*〈赫爾〉

20.　？
〈表音〉*ˁpr*〈阿佩爾〉

21.　用途不明的工具（用來挑選？）
〈表意〉〈限定詞〉「挑選」*wd³*〈烏加阿〉
〈表音〉「賽特神」*Stḫ*〈塞提庫〉

22.　Aa-21 與手心朝上、手肘呈直角彎曲的手腕（D-36）組合而成
與 Aa-21 相同

23.　在 U-35 之後

24.　在 U-35 之後

25.　？
〈表意〉「祭司（stolist）」*sm³*〈塞瑪〉

26.　？
〈表音〉*sbi*〈塞比〉

27.　？
〈表音〉*nḏ*〈奈居〉

28.　工匠製作磚塊所使用的工具？
〈表音〉*ḳd*〈喀德〉
〈表音〉〈限定詞〉*ḳd*〈喀德〉

29.　Aa-28 的古老形態
與 Aa-28 相同

30.　牆上的裝飾
〈表意〉〈限定詞〉「裝飾」*ḥkr*〈喀克爾〉
〈表形〉〈限定詞〉「（壁畫上方的）裝飾」*ḥkrw*〈喀克魯〉

31.　Aa-30 的古老形態
與 Aa-30 相同

32.　在 T-10 之後

● **形形色色的頭冠**
托勒密王朝，哈索爾神廟（丹德拉）

作用有如漢字部首的主要象形文字

* 這些象形符號有時也表示讀音，但作為限定詞時會寫在單字結尾處，與單字本身意義的關聯是基於文化背景而來。

	編號	代表意思		編號	代表意思
	A-1	男性、人、職業		D-3	頭髮、悲嘆、孤獨的
	B-1	女性		D-4	眼睛、看見、眼睛的動作
	A-1*	人們		D-5	眼睛的動作或狀態
	A-17	孩童、年輕		D-19	鼻子、聞、愉快、輕蔑
	A-19	老人、年老、信賴		F-21	耳朵、耳朵的動作或狀態
	A-21	官僚、擁有權力的男性		F-18	牙齒、牙齒的動作
	A-50	貴族、晉升者、死者（或為　、　）		D-40	力量、努力（可以和　互換）
	A-40	神、王		D-36	僧侶體中用來取代　使用
	A-41	王（或為　　）		D-39	奉獻、贈予
	G-7	神、王		D-41	手臂、彎曲手臂、抓住
	I-12	女神、女王（或為　）		D-32	覆蓋、擁抱
	A-28	高、愉悅、支持		D-53	陰莖、成為父親、小便
	A-30	讚美、請願		D-56	腳、足、腳的動作
	A-24	使勉強、努力		D-54	走路、跑步
	A-2	吃、喝、說話、思考、感受		D-55	向後移動
	A-9	拿起、搬運		F-51	四肢、肉
	A-7	疲累、衰弱		Aa-2	腫瘤、香氣、疾病
	A-13	敵人、外國人		Aa-3	身體狀況不佳
	A-14	敵人、死亡		E-1	牛（或為　　）
	A-55	橫躺、死亡、掩埋（或為　　）		E-20	猙獰、賽特神
	A-53	木乃伊、類似、形狀		F-27	皮、哺乳動物
	D-1	頭、點頭、勒脖子		G-38	鳥類、昆蟲
				G-37	嬌小、不好、柔弱
				K-5	魚類

	編號	代表意思		編號	代表意思
	I-14	蛇、蚯蚓		V-19	聖堂、轎子、墊子
	M-1	樹木		P-1	小船、船隻、航海
	M-2	植物、花		P-3	聖船
	M-43	葡萄樹、水果、庭園		S-28	布、亞麻布
		（或為　）		V-12	捆紮、文書
	M-3	木材、樹木		V-1	繩索、細線、與繩索相關的動作
	U-9	穀物		T-30	刀子、切割
	M-33	穀類（或為　）		U-7	鋤頭、耕作、開墾
	N-1	天、空、上方		Z-9	打破、區分、橫越
	N-5	太陽、光明、時間		W-10	杯子
	N-2	夜、黑暗		W-23	容器、倒油進行祝禱儀式
	N-14	星辰		W-22	瓶子、容器、飲料
	Q-7	火、熱、調理			（有時會和　混淆）
	P-5	空氣、風、航海		X-2	麵包、蛋糕
	O-39	石頭		X-4	薄麵包、蛋糕、供品
	N-34	銅、青銅			（或為　）
	N-33*	沙、礦物、小球		W-3	祭典
	N-35*	水、液體、與水有關的動作		Y-1	書、文件、思考等抽象的事物。
	N-36	一片水面			直書為
	N-23	受到灌溉的土地			（古代寫為　）
	N-21	土地（時常用　來取代）		V-10	王室名、國王
	N-31	道路、旅行、場所		Z-1	強調符號的本義
	N-25	沙漠、外國			（或是表示個位數字）
	T-14	外國的（國家、人民）		Z-2	數個物品、複數
	O-49	城鎮、村莊、埃及			（或為　）
	O-1	房屋、建築		Z-5	用來取代不易書寫的文字
	O-31	門、打開			（主要使用在僧侶體）
	Q-6	箱子、棺木			

古埃及數字的表示法

數字 1 ～ 9 主要是以下列方式來表示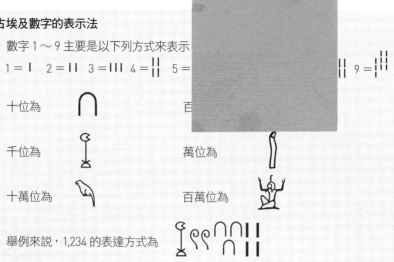

1 = I　2 = II　3 = III　4 = ||||　5 = 　　　　　　　　 || 9 = |||

十位為 ⋂　　　　　　百　　

千位為 🪷　　　　　　萬位為 𓆼

十萬位為 🐸　　　　　百萬位為 🧍

舉例來說，1,234 的表達方式為 🪷 𓋹𓋹 ⋂⋂ II I

古埃及的日期表示法

古埃及人的年數計算方式並非像現行公曆一樣累計數字，而是類似使用年號，在法老世代更迭之際以「×× 王在位第○年○月○日」的方式記錄。

年= ⟨⊙ *rnpt sp*

月= ⌒ *ᵌbd* 為 ✦⊙ 的省略形

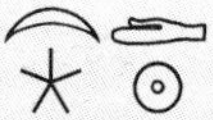

日= ⊙ *sw* 為 ||||𓅿⊙ 的省略形

此外，古埃及不會使用數字表示**月分的最後一日（晦日、30 日）**，而是採用 𓅮 ⟨*ᶜrky*⟩這種特殊的表達方式（或者以 𓄿𓏤𓏤⊙、𓄿𓏤𓏤⊙、𓄿⊙ 等文字來示示）。

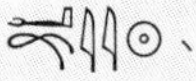

我們也可以按照下列方式，將象形文字應用於現今的日期上。

例如西元 2012 年 12 月 29 日的表達方式如下。

rnpt 2012、*ᵌbd* 12、*sw* 29

- **神廟內的行事曆浮雕** 我們在決定結婚典禮、開店日期時,都會參考一下農曆的黃道吉日,而古埃及也有一種記載主掌黃道吉日的神祇及注意事項的日曆,這些日曆會刻在神廟牆上,或者寫在莎草紙上並收藏於神廟的書庫當中。照片中的日曆是 Kom Ombo 神廟內的浮雕,為托勒密王朝時期之物。古埃及時代 1 年共有 12 個月,根據尼羅河的水位,將季節分為漲水季(*iḥt*)、播種季(*prt*)、收穫季(*šmw*)3 個季節,每個季節各有 4 個月。新的一年從漲水季開始計算,一般認為這個時行公曆是現在的 6 月底。

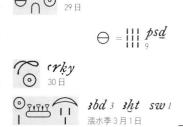

sw 29
29 日

$\ominus = |||\ ||| \quad psḏ$ 9

crky
30 日

ȝbd 3 *ȝḥt* *sw* 1
漲水季 3 月 1 日

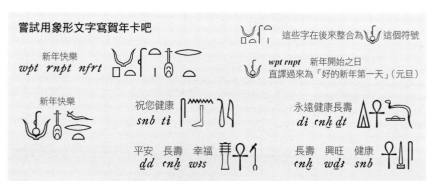

嘗試用象形文字寫賀年卡吧

這些字在後來整合為 這個符號

新年快樂
wpt rnpt nfrt

wpt rnpt 新年開始之日
直譯過來為「好的新年第一天」(元旦)

新年快樂

祝您健康
snb ti

永遠健康長壽
di cnḫ ḏt

平安 長壽 幸福
ḏd cnḫ wȝs

長壽 興旺 健康
cnḫ wḏȝ snb

古埃及王朝表

年代	時代區分	王朝區分	首都	主要法老		主要歷史事件
紀元前 3000	早期王朝時期	1	孟菲斯	**Narmer** Aha Djer Djet Den	西元前約 3000 年	上埃及出身的那爾邁統一整個埃及 確立象形文字體系 制定 1 年 365 天的曆法 使用「上下埃及國王」的稱號 赫里奧波里斯開始盛行太陽信仰
		2		Peribsen Khasekhem Khasekhemwy		發生荷魯斯神派與賽特神派的霸權爭奪戰 荷魯斯神與賽特神兩派的紛爭，以荷魯斯神派繼承 王位作收
2650	古王國時期	3		**Djoser** Sekhemkhet Huni	約 2620 年	於薩卡拉興建階梯金字塔 階梯金字塔計畫半途而廢 於 Medum 計畫興建真正的金字塔並動工
2610		4		**Sneferu** **Khufu** **Khafre** **Menkaure**	約 2600 年 約 2550 年	確立神王握有絕對的王權 於吉薩興建大金字塔 於吉薩興建第 2 金字塔及人面獅身像 於吉薩興建第 3 金字塔。王權式微
2490		5		Userkaf Sahure Neferirkare Nyuserre **Unas**	約 2490 年 約 2400 年	於薩卡拉興建國王的平頂墓室 國王使用「太陽神拉之子」的稱號 於 Abusir 興建金字塔 開始刻有「金字塔文」
2310		6		Teti Pepi I Merenre Pepi II 陸續不少任期 極短的國王	約 2300 年 約 2270 年	積極開發西奈半島的礦山 政權長期維繫之下，晚年開始朝向中央集權國家發展
2180	第一中間期	7/8/9				
		10 下埃及 赫拉克利斯來俄波利斯			約 2100 年	赫拉克來俄波利斯（第 10 王朝）與路克索（第 11 王朝）共存
2040	中王國時期	11	路克索	**Mentuhotep II** Mentuhotep III **Amenemhat I** Senusret I	約 2040 年 約 2000 年	第 10 王朝滅亡，全國統一 向紅海西南沿岸的邦特之地派遣遠征隊
1990		12	伊塔威	Amenemhat II Senusret II Senusret III Amenemhat III Amenemhat IV 陸續約有 70 位 任期極短的國王	約 1990 年 約 1950 年 約 1850 年 約 1800 年 約 1790 年	因政變而建立第 12 王朝 遠征至尼羅河第 3 瀑布 向努比亞、巴勒斯坦派出遠征軍 法尤姆的攔海拓地工程結束 中王國時期在無人繼承的情況下結束
1785	第二中間期	13				
1650		14 下埃及 15／上埃及 15 17 16	17 15 路克索 阿瓦里斯	⑮ **Khyan** ⑮ **Apepi** ⑰ **Sekhemre II** ⑰ **Kamose**	約 1720 年 約 1700 年 約 1650 年 約 1580 年	希克索斯人自亞洲入侵 希克索斯人統治下埃及，建立王朝 於路克索建立第 17 王朝，與希克索斯人抗衡 Sekhemre 二世、Kamose 與希克索斯人對抗
1565	新王國時期	18	路克索	Ahmose（Aahmes） Amenhotep I Thutmose I	約 1565 年 約 1520 年	將希克索斯人驅逐出埃及。建立第 18 王朝，以圖穩定國內局勢 發動遠征，軍隊遠達幼發拉底河上游

年代	時代區分	王朝區分	首都	主要法老	主要歷史事件
	新王國時期	18	孟菲斯	Thutmose II Hatshepsut	約1500年 Thutmose 三世即位，但攝政的 Hatshepsut 主張王權，形成共治體系
				Thutmose III Amenhotep II Thutmose IV	約1470年 向亞洲和努比亞派出遠征軍，埃及領土達到最大 與卡納克的阿蒙祭司集團發生爭執
			阿瑪納	Amenhotep III	約1400年 迎向國家最強盛時期
				Amenhotep IV (Akhenaten)	約1360年 強制推行信奉阿頓為唯一神祇的宗教改革
			孟菲斯	Tutankhamun	約1350年 恢復阿蒙神的信仰
1310				Horemheb	約1335年 平息信奉宗教改革後的國內外紛爭
		19	培爾－拉美西斯	Ramesses I	約1310年 將軍拉美西斯一世即位，開啟第19王朝
				Seti I	約1290年 軍隊遠征敘利亞等地
				Ramesses II	約1275年 與西臺王國於敘利亞的卡迭石展開會戰 摩西帶領以色列人「出埃及」？
1205				Merneptah	約1215年 「海民」企圖從利比亞入侵尼羅河三角洲地區，遭到擊退
		20		Ramesses III Ramesses VI Ramesses IX Ramesses XI	約1170年 「海民」入侵尼羅河三角洲地區，遭到擊退 王權開始衰弱 盜墓者於帝王谷等處猖獗 卡納克的阿蒙大祭司掌握路克索（Waset）的實權 國王名存實亡
1070	第三中間期	21	塔尼斯	Smendes Psusennes I	約1070年 於塔尼斯開創第21王朝。上埃及由阿蒙大祭司治理
945		22 23 24		Shoshenq I Osorkon II	約945年 利比亞人的後裔成為國王，定都於布巴斯提斯。向巴勒斯坦地區發動軍事遠征 於埃及北部的塔尼斯等地建立多個王朝
750		25	路克索	Piye (Piankhi) Shabaka Taharqa	約750年 努比亞人皮耶開創第25王朝 約700年 統一埃及全境 約667年 亞述人征服埃及
664	晚期王朝時期	26	塞易斯	Psammetichus I Necho II Psammetichus II Amasis	664年 驅逐亞述人，建立第26王朝 開始興建連接紅海與尼羅河的運河，後來基於防禦理由而中止
525		27	以塞易斯為中心的尼羅河三角洲	Cambyses II Darius II	525年 埃及被波斯的阿契美尼德王朝所統治 521年 連接紅海與尼羅河的運河完工 埃及作為波斯和地中海世界的中繼站而繁榮
404		28 29			約430年 希羅多德著作《歷史》一書 404年 脫離波斯統治，建立第28王朝 約350年 與入侵埃及的波斯人對抗
380		30		Nectanebo I Nectanebo II Artaxerxes	343年 再次納入波斯阿契美尼德王朝的版圖下 332年 亞歷山大大帝征服埃及
305	托勒密王朝時期		亞歷山卓	Ptolemy I Ptolemy II	305年 亞歷山大大帝死後，托勒密將軍即位 亞歷山大圖書館創建
				Ptolemy V	約280年 曼涅托著作《埃及史》一書 約196年 製作羅塞塔石碑
				Cleopatra VII	30年 埃及復興失敗，成為羅馬帝國的行省

［著 者］ **松本彌**
出生於日本福井縣敦賀市，早稻田大學畢業，古埃及史專家。
日本 ORIENT 學會正式會員
大阪大學民族藝術學會正式會員
NHK 文化中心青山教室（2004 年至今）
透過郵船クルーズ旗下郵輪飛鳥 II 的環球航線（2005 ～ 2011, 2015），
舉辦課程與演講，努力推廣埃及的歷史文化。

著作
『Let's Try! ヒエログリフ』
『黃金の国から来たファラオ』
『カイロ・エジプト博物館／ルクソール美術館への招待』
『古代エジプトのファラオ』
『古代エジプトの神々』
『写真は伝え，切手が物語るエジプト』（以上、弥呂久刊）
『物語 古代エジプト人』（文春新書）
『畿内古代遺跡ガイド』（メイツ出版）など。

電視節目
2009 年にはエジプト南西端のサハラの遺跡について
「サハラ沙漠　謎の岩絵～エジプト文明の起源に迫る～」
（2009.NHK スペシャル）
「ひとはなぜ絵を描くのか」（2010.ETV 特集）

2010 ～ 2011 年にはスーダン北部の遺跡について
「異端の王・ブラックファラオ」（2011.NHK ハイビジョン特集）
「異端の王～悠久の古代文明紀行～」（2012.NHK 総合特番）に出演。

http://wataru-matsumoto.jimdo.com/

來上一堂古埃及象形文字課

出　　　版／楓樹林出版事業有限公司
地　　　址／新北市板橋區信義路163巷3號10樓
郵 政 劃 撥／19907596 楓書坊文化出版社
網　　　址／www.maplebook.com.tw
電　　　話／02-2957-6096
傳　　　真／02-2957-6435
著　　　者／松本彌
翻　　　譯／趙鴻龍
責 任 編 輯／江婉瑄
校　　　對／劉素芬
總 經　銷／商流文化事業有限公司
地　　　址／新北市中和區中正路752號8樓
網　　　址／www.vdm.com.tw
電　　　話／02-2228-8841
傳　　　真／02-2228-6939
港 澳 經 銷／泛華發行代理有限公司
定　　　價／380元
出 版 日 期／2018年9月

國家圖書館出版品預行編目資料

來上一堂古埃及象形文字課／松本彌作；
趙鴻龍翻譯. -- 初版. -- 新北市：楓樹林，
2018.09 面；　公分

ISBN 978-986-96281-6-7（平裝）

1. 象形文字 2. 古埃及

801.93　　　　　　107010470